Windlicht

Windlicht

Das Tagebuch des Evan LaCour II

Deutsche Erstausgabe April 2019
© Tessa Millard

Lektorat: Lena Eichinger
Korrektorat: Stefanie Konetzka
Covergestaltung: Theresa Möller

Impressum
Theresa Möller, Weidenberg 18, 98704 Gräfinau-Angstedt
tessa@tessa-millard.de

Herstellung und Verlag:
BoD – Books on Demand, Norderstedt
ISBN: 978-3732237081

www.tessa-millard.de
facebook.com/TessaMillardAutor
instagram.com/tessa.millard.autorin

3 décembre 1723

Durch meine Wimpern hindurch erkenne ich Tinna nur verschwommen. Sie hantiert an meinem Arm herum. Ich weiß, dass ich irgendeine Form von Schmerz bei ihrem Tun empfinden sollte. Aber bis auf ein dumpfes Pochen ist da nichts. «Alles wird gut. Mach dir keine Sorgen», meint sie.

Ich höre, dass sie gern selbst an diese Worte glauben möchte.

14 juillet 1722

Das Sonnenlicht blendete mich durch meine Lider. Unter meinem Körper spürte ich die Wölbungen der Falten eines Teppichs. Es war ein blöder Teppich. Nicht nur, dass seine Farbe sich zwischen grün und braun nicht entscheiden konnte. Er war rutschig.

Ich war in Eile. Vater erwartete mich in der Bibliothek zu einem Gespräch und mir stand nicht der Sinn danach, ihn zu verärgern. Das hatte ich in letzter Zeit oft genug getan, ob beabsichtigt oder nicht. Und mein Körper fühlte sich an, als würde er eine weitere Tracht Prügel nicht überleben.

Als das Hausmädchen mich gerufen hatte, hatte ich sofort meine Schnitzarbeit aus der Hand gelegt und war losgerannt. Ich war über den Hof gespurtet, durch die Diele, die Treppe hinauf und auf der anderen Seite des Hauses wieder hinunter. Wenn ich schnell genug war, würde er nicht merken, dass ich draußen auf dem Feld gewesen war, wo ich seiner Meinung nach nichts verloren habe. Es waren nicht mehr meine Felder. Ich war kein Teil mehr seines Erbes. Aber ich liebte sie. Den Duft von Trauben, der darin herumwaberte und die Vögel, die durch den Hain flatterten. Es war friedlich dort.

In Gedanken noch bei den Rebstöcken und der Tatsache, dass einer der Arbeiter mein Messer finden und es meinem Vater bringen würde, vergaß ich den Teppich. Mehr als einmal war er mir zum Verhängnis geworden.

Ausgerechnet heute war ich auch noch auf meinem linken Arm gelandet. Das Stechen darin machte mich wahnsinnig. Reichte es denn nicht, dass Vater ihn mir gestern zur Strafe für meine Niederlage beim Fechttraining verdreht hatte?

Mit zusammengebissenen Zähnen rappelte ich mich auf. Ich rückte den Teppich in seine Position zurück, damit niemand mein Missgeschick bemerkte, und setzte meinen Weg zur Bibliothek fort. Als ich um die Ecke in den Flur biegen wollte, prallte ich gegen Peppins Oberkörper.

«Es gehört sich nicht, im Haus zu rennen», wies der mich zurecht und grinste wölfisch.

Ich schnaubte nur und versuchte mich an ihm vorbeizudrängen, doch er war recht groß, wenn er sich überlegen fühlte. Er schien dann von seiner fast kindlichen Gestalt zu einem hochgewachsenen Mann zu mutieren, allein aus der Kraft seines Stolzes.

«Lass mich in Ruhe!», knurrte ich leise, damit Vater uns nicht hörte. Er konnte es nicht leiden, wenn ich mich mit Peppin anlegte.

«Lass mich in Ruhe, Bruder!», korrigierte der, und sein widerliches Lächeln vertiefte sich.

Als könnte er jemals mein Bruder sein. Als wären wir überhaupt verwandt. Rein biologisch betrachtet gehörten wir nicht einmal zur selben Familie. Er, der Sohn meines Vater und einer seiner Cousinen. Ich, der Sohn meiner Mutter und irgendeines Marktschreiers oder so etwas. Nein, er ist definitiv nicht mein Bruder.

«Streitet ihr euch wieder?» Louises Stimme drang zu uns heran, schaffte es aber nicht, mir die Anspannung zu nehmen. Es war lang her, dass sie das gekonnt hatte, und ich vermisste es.

«Nein», warf ich ihr hin und ging den Flur entlang. Erst auf sie zu, dann an ihr vorbei und davon.

«Treffen wir uns nachher im Hof?», rief sie mir nach.

«Das kommt darauf an, was Vater mit ihm zu besprechen hat», antwortete Peppin für mich und ich hörte das Grinsen.

Ich gab keine Antwort, bog stattdessen um die Ecke und drückte die Türen zur Bibliothek auf. Als ich sie schloss, war die erste Handlung meines Vaters nicht ein an mich gerichtetes Wort. Es war der Rücken eines Buches, der mir auf den Schädel donnerte.

5 décembre 1723

«Du musst stillhalten», faucht Tinna. Sie zupft an meinem Verband am Unterarm herum, bevor sie ihn mit Schwung von der angetrockneten Wundfläche reißt.

«Sei doch vorsichtig», schimpfe ich, und verziehe das Gesicht.

«Jetzt hab dich nicht so.»

Geschwind wickelt sie ein frisches Tuch um meinen Unterarm. Dann fährt sie mit meinen Beinen fort. Der Schmerz ist unerträglich und ich wünsche mir den gestrigen Tag zurück. Lass mich wieder nichts fühlen. Lass mich wieder vergessen, was passiert ist. Ich beiße mir auf die Unterlippe, bis ich Blut schmecke.

«Soll ich den Tee holen?» Tinna verdreht die Augen.

«Nein!» Als bräuchte ich dieses benebelnde Gesöff!

Aber es ist schwer, den Schmerz zu ertragen, wenn man die Augen nicht schließen kann. Denn jedes Mal, wenn ich das tue, sehe ich nichts als Flammen. Feuer. Rauch. Gwen. Und Lenny, der sie mit sich zwingt.

«Die Mischung braucht ein paar Stunden, ehe sie wirkt», dringt Tinnas Stimme an mein Ohr, aber ich nehme sie gar nicht richtig wahr.

In der letzten Nacht bin ich aus einem Albtraum hochgeschreckt, wie ich dachte. Schweißüberströmt fand ich mich auf der Pritsche in meiner Eckkammer im Gasthaus wieder, um festzustellen, dass es nur die Erinnerung war, die zu mir zurückgekehrt ist. Tatsächlich kann ich mich noch daran erinnern, wie Lenny Gwen fortgeschleppt hat. Ich weiß noch, wie ich an der Tür hing, mit aller Kraft versucht habe sie aufzubringen. Ohne Erfolg. Um mich nur Flammen und Rauch, der mir die Luft genommen hat, bis ich ohnmächtig wurde.

«Wie bin ich da rausgekommen?», frage ich leise. Ich glaube, zu leise, denn Tinna antwortet mir nicht. Erst als ich mich versuche aufzurichten, ein Ding der Unmöglichkeit, nebenbei bemerkt, sieht sie mich an.

«Wie bin ich ...»

«Die Hauptsache ist doch, dass du es geschafft hast», meint sie und zuckt mit einer Schulter.

«Ich will aber wissen, wie.» Ein Hustenanfall bricht sich Bahn, der mir die Lungen zerreißen will. Ich umschlinge meinen Oberkörper mit dem weniger verletzten Arm und versuche den Schmerz Einhalt zu gebieten , bis es vorbei ist.

Sie seufzt leise und wendet sich dem schlimmsten Teil meiner Verletzungen zu: meinem linken Knie. Ihre Miene ist so angespannt, dass es aussieht, als wüsste sie nicht, ob sie mir einen Gefallen tut, wenn sie mir die Wahrheit sagt.

«Wer hat mich gerettet?», hake ich nochmals nach.

«Ich war es», antwortet sie.

«Du?» Ich spüre, wie sich meine Stirn in Falten legt. Selbst das tut weh. «Du warst dort drin?»

Mir wird schlecht, wenn ich mir ihren zierlichen Körper in dieser Hölle vorstelle.

«Ich habe deine Schreie gehört. Deshalb wusste ich, wo du bist.» Sie schaut weiter nach unten.

Habe ich geschrien? Ich weiß es nicht.

«Bist du verletzt?»

«Nur hier», murmelt sie und legt eine Hand auf ihre linke Brust.

Ja. Mein eigenes Herz krampft sich zusammen.

Wie er sie gepackt hat. Wie er sie davonge-schleppt hat. Wann ist er so geworden? Und wieso habe ich es nicht bemerkt? Wann hat er sich so ver-ändert?

«War er schon immer so?», brumme ich leise.

Tinna verzieht den Mund, bevor sie mich an-blickt.

«Er war schon immer von ihr besessen. Ich glaube, das ist seine Form von Liebe.» Sie zuckt abermals die Schultern. «Ich hätte nur nie gedacht, dass er ...»

Ich nicke. Lenny ist ein Hitzkopf. Aber ich wusste nicht, dass er zu einer solchen Brutalität fähig ist.

Ich erstarre innerlich bei meinen eigenen Gedanken. Als würde mein Herz zwei Schläge aussetzen und eine Leere in mir hinterlassen. Ich habe es gewusst. Ich habe es gesehen, an dem Tag, als Gwen mir mit blutigem Ohr gegenübersaß. Er muss es gewesen sein. Ich wusste es.

Und trotzdem habe ich sie nicht beschützt. Ich habe sie nicht gerettet.

25 août 1722

Heute war mein siebzehnter Geburtstag. Es war der erste Geburtstag, an dem ich keine Familie mehr hatte und keine Ahnung, wer mein Vater war. Es fühlte sich besser an, als es klang. Die Tatsache, dass ich nicht von einem Ungeheuer abstammte, erleichterte mein Herz, in das sich die Befürchtung gegraben hatte, ich könnte eines Tages werden wie er. Einfach nur, weil in meinen Adern sein Blut floss.

Tatsächlich war es aber mein Nicht-mehr-Vater, der mir heute das schönste Geschenk von allen gemacht hat. Heute Morgen beim Frühstück hatte ich ihm seine Fragen zur aktuellen Politik des Stadtrates nicht beantworten können. Er hatte mich dafür des Hauses verwiesen. Gut, theoretisch habe ich mich selbst beschenkt. Mit meinem Desinteresse für Politik und meiner Entscheidung, den ganzen Tag in den Feldern zu verbringen. Bis ganz nach oben und an den äußersten Rand des Besitzes dieser Familie war ich gewandert. Niemand würde mich hier finden, mich wegen meiner Träume für verrückt erklären oder versuchen mich davon zu überzeugen, dass dies das schönste Fleckchen Erde sei. Ja, es war schön. Hier oben zumindest. Dort unten im Haus war es einfach nur furchtbar.

Ich schob den Gedanken beiseite und ignorierte den Schmerz auf meinem Rücken, der von den gestrigen Peitschenhieben herrührte. Der Tag war zu sonnig, zu klar, zu strahlend, um ihn zu verschwenden. Stattdessen widmete ich meine Aufmerksamkeit dem Himmel, beobachtete die Wolken, als ich mich zurücklehnte, und fantasierte von einem fernen Ort, an dem alles anders war als hier.

«Träumer!», kitzelte mich da Louises Flüstern am Ohr.

Ich fuhr hoch. Offenbar war mein Versteck nicht gut genug.

«Selbst wenn?»

«Sag mir wenigstens, dass sie atemberaubend schön ist.» Sie fasste sich ans Herz und grinste.

Ich grinste ebenfalls, als sie sich neben mich setzte. Ja, ich sollte von Mädchen träumen. Von ihrer Schönheit, ihren Kleidern, ihren Händen, die Dinge tun. Vorzugsweise in der Nähe meines Körpers. Das wäre normal gewesen. Es war eine Normalität, die mich gelegentlich einholte, aber sie schloss immer nur Mädchen ein, die ich von hier kannte, und das gab der Sache einen bitteren Beigeschmack.

«Alles Gute zum Geburtstag!» Louise hielt mir ein in Stoff gewickeltes Päckchen hin.

Ich löste die hübsche Schleife, die sie aus einem der Bänder gemacht hatte, die sonst um die Taille ihrer Kleider geschnürt waren. Dann schlug ich den Stoff auseinander und enthüllte ein Buch. Doch als ich den Lederband aufklappte, starrten mich blanke Seiten an.

«Es ist ein Tagebuch, Evan», erklärte Louise mit honigsüßer Stimme, als wäre ich ein Idiot. «Vielleicht hilft es dir beim Einfangen deiner Träume.»

«Danke!» Ich schlang einen Arm um ihre Schulter und zog sie kurz an mich. Als wir uns wieder lösten, verweilte ihr Gesicht dicht vor meinem. Ihr Atem streifte meine Lippen, während ihr Blick sich in meinen bohrte. Reglos sah ich dabei zu, wie sie sich zu mir lehnte und einen sanften Kuss auf meine Lippen hauchte. Dann stand sie auf und strich sich das blonde Haar über die Schulter. «Vergiss den Unterricht nicht.»

Der feuchte Glanz in ihren Augen stach mir ins Herz.

«Ich werde mir eine Notiz machen», witzelte ich, um ihr zu zeigen, dass alles normal war. Und dass ihr Kuss mir nichts bedeutete, dass es nichts mit mir machte. Ich war ein Arsch.

Ich beobachtete Louise, bis sie zwischen den Reben am unteren Hang verschwunden war, und versuchte mir keine Gedanken darüber zu machen, dass sie den rosafarbenen Rock nur meinetwegen angezogen hatte.

7 décembre 1723

Tinna verschränkt die Arme vor der Brust. Zicke.

«Was hab ich dir gesagt?», quieke ich triumphierend.

Ich sehe an mir herab und ignoriere dabei die weißen Verbände, die meinen Körper beinahe komplett einhüllen. Viel zu aufregend ist der Anblick meiner senkrecht ausgestreckten Beine, meiner Füße, die sicher auf dem Boden stehen. Ich kann stehen. Auch wenn ich dabei das Knirschen meiner Zähne hören kann.

Es wäre zu viel, jetzt loszulassen und auszutesten, wie weit ich gehen kann. Bis gestern Nachmittag dachte ich schließlich, der Schmerz würde mich in den Wahnsinn treiben. Aber wie Tinna vorhergesagt hat, brauchten ihre Wickel ein paar Stunden, um ihre Wirkung zu entfalten. Und welche Wirkung sie haben!

Ich habe mir die Brandwunden nicht angesehen, weil ich Angst davor habe. Ich habe Angst davor, vor mir selbst zu erschrecken, mich nicht mehr wiederzuerkennen. Aber am meisten habe ich Angst davor, dass sie mir den Mut nehmen könnten. Vielleicht würde ich dann aufgeben.

Ich kann nicht aufgeben. Ich muss Gwen retten. Weil ich es ihr schuldig bin für all die Mühen, die sie hatte, um meine Seele vor dem Kristall zu retten. Lenny darf sie nicht bekommen. Und Giroux schon gar nicht. Ich lasse die Lehne des Stuhls los. Meine Beine halten mich tatsächlich aufrecht. Mit zur Seite ausgebreiteten Armen stehe ich mitten in der kleinen Kammer und werfe Tinna ein schadenfrohes Grinsen zu. Sie zieht nur die Augenbrauen in die Höhe. Ich werde ihr schon beweisen, dass ich es schaffen kann. Und mir selbst auch. Übermütig wage ich einen Schritt. Mein Knie gibt sofort nach und lässt mich beherzt wieder zur Lehne greifen, bevor ich zu Boden falle.

«Und, was habe ich dir gesagt?», spottet Tinna und straft mich mit missbilligendem Blick.

Sie gönnt mir aber auch gar nichts.

«Dir ist ein Holzbalken, so dick wie ein hundert Jahre alter Baum, auf das Bein gefallen. Dein Knie braucht noch Ruhe, Evan. Du kannst noch nicht wieder laufen.»

«Aber bald!»

Sie verdreht die Augen, schiebt mich zurück ins Bett und drückt die Decke über meinem Körper fest, als wolle sie mich damit festketten. Soll sie es ruhig versuchen. Ich verdanke ihr vielleicht mein Leben, aber das heißt noch lange nicht, dass ich mir alles gefallen lasse.

Doch tief in mir drin weiß ich, dass sie recht hat, dass ich mich schonen muss und froh sein kann, wenn mein Bein überhaupt irgendwann wieder in der Lage sein sollte, mein Gewicht zu tragen. Nur ist mein Entschluss nicht verhandelbar. Ich werde Gwen retten. Koste es, was es wolle.

«Keine Spaziergänge, solange ich nicht hier bin», warnt Tinna mit erhobenem Zeigefinger, als sie die Kammer verlässt.

Ich lächle nur herausfordernd.

8 décembre 1723

«Wie fühlst du dich heute?», fragt Tinna und drückt die Tür zu.

«Wie neugeboren. Wieso?» Ich richte mich mühsam im Bett auf, wobei die Pritsche unter mir quietscht.

«Deswegen.» Sie hält mir einen Stapel Briefe vor die Nase, den ich ihr augenblicklich aus den Fingern reiße. Hastig falte ich das oberste Pergament auseinander. «Sie sind vor ein paar Tagen gebündelt angekommen. Ich dachte, es wäre klüger, sie dir erst zu geben, wenn du wieder bei Kräften bist.»

Einen Brief nach dem anderen öffne ich und überfliege eilig die Zeilen. Sie sind alle von meiner Mutter. Und sie sind alle gleich. Allein das Datum ist jeweils ein anderes.

«Was steht drin?» Tinna beugt sich neugierig über das Papier, doch ich entziehe es ihrem Blick.

«Nichts von Bedeutung», sage ich knapp und schiebe die Schriftstücke unter mein Kopfkissen. Dann vergrabe ich meine Hände unter der Decke, damit Tinna das Zittern nicht sehen kann.

«Sie scheint dich wirklich erreichen zu wollen. Möglicherweise solltest du ihr antworten. Zumindest, dass es dir gut geht und sie sich keine Sorgen machen muss oder so etwas.»

«Auf keinen Fall!» Es ist Wochen her, dass ich ihren ersten Brief bekam. Den mit der lächerlichen Bitte, nach Hause zu kommen, als könnte dieses «Zuhause» jemals wieder eine Zuflucht für mich sein. Ich hätte den Brief zurückschicken sollen. So, wie es geschehen wäre, wenn ich nicht vor Ort gewesen wäre. Dass er nicht zurückgeschickt wurde, hat ihr nun verraten, wo ich bin.

«Evan, sie ist deine Mutter!»

«Das ist mir bewusst.»

Stellt sich nur die Frage, ob das in diesem Fall zu ihrem Vorteil ausfällt.

Tinna lässt sich auf der Bettkante nieder und knetet ihre Hände, die mindestens genauso rot sind, wie es Gwens immer waren.

«Weißt du, ich hätte alles gegeben, um meine Mutter kennenzulernen. Gwen ... sie kann sich an so viele Kleinigkeiten von ihr erinnern. An ihr Lachen und an den Glanz in ihren Augen, wenn wir etwas Dummes gemacht haben. Oder daran, wie sie gedankenverloren in die rauschenden Blätter des Masineh-Baums geschaut hat. Gwen hat mir immer davon erzählt, und ich habe eine eigene Vorstellung von meiner Mutter, aber sie ist nicht echt. Sie entspringt nur meiner Fantasie.» Tinnas traurige Augen fixieren mein Gesicht. «Du hast eine Familie, Evan. Nimm das niemals als selbstverständlich an.»

Ich schaue weg. Ich beiße die Zähne aufeinander, um alle Gefühle im Zaum zu halten, die sich Bahn brechen wollen. Die meisten davon sind so negativ, so dunkel, dass Tinna sie nicht verstehen würde. Aber sie kennt meine Familie nicht. Sie kennt nicht den Schmerz, den mein Vater mit jedem seiner Schläge und noch mehr mit jedem seiner Worte und seinen Blicken in mich getrieben hat. Sie hat ihn nicht ertragen. Und sie hat nicht gesehen, wie meine Mutter den Raum verlassen hat. Jedes Mal. Sie hat nicht den ruhigen Klang ihrer Stimme gehört, wenn sie Vater verteidigt hat.

Ich beneide sie darum, dass sie sich eine eigene Vorstellung ihrer Familie zusammenspinnen kann. Sie kann die ganze Perfektion, all ihre Wünsche, in dieses Sinnbild stecken und glücklich damit sein. Aber ich habe es vor vielen Jahren aufgegeben, mir irgendetwas schön zu reden. Denn alle Fantasie hilft nichts, wenn sie niemals Realität werden kann.

«Sie wird sich ohnehin selbst davon überzeugen, dass mit mir alles in Ordnung ist.»

Tinna reißt gleichzeitig die Augen auf und senkt die Brauen.

«Heißt das ...?»

«Sie ist auf dem Weg hierher. Sie und mein Vater und eine Flotte französischer Schiffe.»

«Sie suchen dich?» Tinna fragt mehr sich selbst als mich und springt auf, als ihr die Antwort klar wird. «Sie suchen dich!», wiederholt sie mit einem

Gesichtsausdruck, der sich zwischen purer Freude und Unbehagen nicht entscheiden kann.

«Wann werden sie ankommen?», fragt sie dann und nimmt sich, so gut es geht, zusammen.

«Sie haben Bordeaux am fünften November verlassen. Sie werden in zwei Wochen hier sein.» Zwei Wochen, um Gwen zu finden, zu retten und weit genug von hier wegzukommen, dass Vater mich nicht findet. Klingt doch halb so wild.

«Oh», sagt Tinna und legt die Stirn in Falten.

Ich nicke.

«Wir müssen einen Weg finden, wie ich trotz meiner Verletzungen laufen kann. Bitte sag mir, dass du mir dabei hilfst.» Ich lege den unschuldigsten Leidensblick auf, den ich ohne höllische Schmerzen zustande bekomme.

«Dazu müssten wir schneller sein als die anderen.» Sie legt einen Finger an die Lippen und die Stirn in Falten.

Ich sehe sie verwirrt an. Sie weicht meinem Blick aus, beobachtet, wie ihr Rock rhythmisch um ihre Beine schwingt, wenn sie hin- und herwippt.

«Monsieur Giroux hat zu einem Wettstreit aufgerufen.» Ihre Stimme ist so leise, dass ich sie kaum verstehe. Aber die Erwähnung dieses Namens reicht, um mein Blut zum Kochen zu bringen. «Wer Gwen findet und sie unbeschadet an Giroux übergibt, darf sie heiraten und mit sich nehmen.»

Mir weicht die Luft aus den Lungen, als hätte man mir gegen die Brust geschlagen. Ganz gleich, ob er ihr damit die Chance einräumt, diesen Ort zu verlassen, Gwen wird eine Sklavin ihres zukünftigen Mannes sein. Sie wird genauso gefangen sein wie jetzt auch, weil diese Idioten sie nur als irgendein Spielzeug ansehen, das sie besitzen und missbrauchen können, wann immer es ihnen gefällt.

«Evan, die anderen sind gestern Abend aufgebrochen. Sie sind dir Stunden voraus.»

«Olivier ist dabei, oder?»

Tinna nickt nur. Mir fällt auf, dass ich sie noch nie so ernst gesehen habe. Noch nie hat sie ihr Mitleid für jemanden so deutlich im Gesicht getragen. Und noch nie war es so unangebracht.

«Ich werde sie finden!»

«Du kannst nicht laufen.»

«Bring mir zwei stabile Äste, ein Seil und Leinentücher und wir werden sehen, wer nicht laufen kann.»

Es dauert eine ganze Weile, bis Tinna mit den angeforderten Materialien zurückkehrt. Ich hieve mich aus der Koje, sobald sie die Kammer betritt, und lege mir alles auf der Pritsche zurecht.

Zuerst nehme ich mir die Leinentücher. Ich schiebe mein Hosenbein nach oben und wickle ein Tuch nach dem anderen über den dicken Verband an meinem Knie. Die Konstruktion darf nicht scheuern, sonst bin ich eher zurück, als mir lieb ist.

Als Nächstes sind die Äste dran. Sie sind gerade und fest. Genau, wie ich es haben wollte. Ich platziere sie an der Außen- und Innenseite meines Beines und halte sie in Position.

«Kannst du sie mit dem Seil festbinden?»

Tinna zieht die Augenbrauen in die Höhe, folgt dann aber meiner Bitte. Man kann die Schiene nicht gerade als bequem bezeichnen. Sie hält mein Bein in ausgestreckter, gerader Position. Ob mein Knie den Marsch damit überstehen kann, ist fraglich, denn ich habe mir keine Gedanken gemacht, wie ich damit laufen soll. Trotz der Schiene wird das Bein immer noch stark belastet, wenn ich jetzt aufstehe.

«Ich habe dir noch etwas mitgebracht», sagt Tinna plötzlich und verschwindet einen Moment im Flur. Als sie zurückkommt, hält sie einen Ast in den Händen, der sich am oberen Ende gabelt. Er reicht mir bis knapp zur Schulter und hat eine gute Dicke, um ihn mit einer Hand zu umfassen. «Damit sollte es gehen.»

Ich lasse mich von ihr auf die Füße ziehen und nehme ihr den Stock ab. Er hat wirklich die perfekte Größe für mich. Dann wage ich den ersten Schritt. Und noch einen. Mein Knie protestiert mit pochendem Schmerz, aber das habe ich erwartet. Ich beiße die Zähne zusammen und drehe eine ganze Runde in der Kammer. Der Umgang mit dem

Stock ist ein bisschen beschwerlich, und auch an die Schiene muss ich mich erst gewöhnen.

«Ich kann laufen», verkünde ich dennoch stolz und stemme die freie Hand in die Seite.

«Ich habe nichts anderes erwartet», lacht sie. Ein Laut, der mich so sehr an Gwen erinnert, dass es mir das Herz in der Brust zerreißt.

«Du besorgst die Vorräte, und ich packe ein paar meiner Sachen zusammen. Wir dürfen keine Zeit verlieren.» Ich wende mich schon von ihr ab, als sie mich am Arm festhält.

«Ich will, dass wir Jakub mitnehmen», sagt sie frei heraus und ihr ernster Blick macht klar, dass ich dagegen nicht ankomme. «Er hat genauso ein Recht, nach ihr zu suchen, wie wir. Und er ist stärker als wir beide zusammen.»

Ich knurre leise in mich hinein. Dieser Köter passt vielleicht auf Tinna auf, aber mich lässt er doch bei der ersten Gelegenheit im Schnee liegen. Andererseits ...

«Nur, wenn er mich in Frieden lässt!» Ich halte Tinna meinen ausgestreckten Zeigefinger unter die Nase.

«Er wird dir nichts tun, Evan. Er will nur Gwen zurück. Wie wir alle.»

Ich nicke einmal. Tinna tut es mir gleich. Dann verlässt sie das Zimmer. Ich höre ihre Schritte auf der Treppe verklingen, bevor ich mich humpelnd nach draußen schleiche. Auf dem Flur ist es kälter als in der Kammer. Zugluft weht von oben herein, und ich muss sofort an die Nacht denken, in der Gwen und ich auf dem Dach gesessen haben. Die grünen Nordlichter verkünden herannahendes Unheil. Gwen kann unmöglich gewusst haben, was passieren wird.

Ich spüre, wie meine Beine, so lädiert sie auch sind, den Weg nach oben einschlagen wollen. Ich will noch einmal auf diesem Dach sitzen. Ich will die Nordlichter sehen und schauen, welche Farbe sie jetzt haben. Ich will neben Gwen sitzen wie damals.

Als ich an der Tür zu Lennys Kammer vorbeikomme, halte ich an. Kurzerhand stoße ich die Tür auf und betrachte das Chaos in dem kleinen Raum. Decken, Kleidungsstücke, Bücher und Kerzen liegen kreuz und quer verteilt. Der Stuhl ist umgeworfen. Der Tisch verrückt. Dieses Chaos lässt mich meinen Freund sehen, wie er getobt haben muss. Vielleicht hat er mich gesehen, als ich zum Badehaus gegangen bin. In der Nacht, bevor ich eigentlich an Bord der Brochet nach Süden segeln wollte. Vielleicht hat er gewusst, dass ich nicht gehen werde. Vielleicht ist er mir deshalb gefolgt, weil es seine letzte Chance war, Gwen vor mir zu retten. Komisches Gedankenspiel.

Ich unterdrücke ein Seufzen, als ich zum Tisch hinke und die Zettelwirtschaft betrachte. Sieht aus, als hätte er Seiten aus einem Buch gerissen und sie dann in einem System, das nur er versteht, zusammengelegt. Lenny hatte schon immer etwas für Rätsel übrig. Aber mir fehlt die Zeit, mich jetzt mit solchen Lappalien zu beschäftigen. Mein Blick schweift durch den Raum, auf der Suche nach etwas Brauchbarem, einem Hinweis. Ja, Lenny ist ein Hitzkopf und ich bezweifle nicht, dass Gwens Entführung eine spontane Eingebung war. Trotzdem muss er sie an einem Ort versteckt halten, den er schon vorher kannte. Lenny kommt seit vielen Jahren nach St. Harbour. Er kennt jede noch so verdreckte Gasse dieses Ortes, kennt jedes Gesicht, jede Angelstelle im Eismeer. Es muss ein Versteck geben.

Ich gehe alle Gespräche durch, an die ich mich erinnern kann, gehe sicher, dass ich nichts überhört habe. Aber Lenny hat nie von einem geheimen Ort gesprochen. Überhaupt hat er ja, wie die anderen auch, niemals über St. Harbour gesprochen, bis wir hier angelegt haben. Und danach sind unsere Gespräche irgendwie immer weniger geworden.

Ich stemme den Stock in den Boden und wende mich der Tür zu. Soll er sie doch ruhig verstecken. Ich werde Gwen finden!

Ein Luftzug fährt durch das Zimmer, so eisig, dass ich augenblicklich zu zittern beginne. Ich packe den Stock fester, ignoriere den Schmerz in meinem Knie und zwinge mich vorwärts, als die Tür vor meiner Nase zuschlägt. Vor Schreck taumle ich zurück.

«Nom de Dieu!», fluche ich laut, als ich derart krumm auf meinem verletzten Bein aufkomme, dass ein wilder Schmerz durch meinen ganzen Körper jagt.

«Evan, was ist passiert?» Tinna öffnet die Tür der Kammer einen Spalt und mustert mich aus sicherer Entfernung, die Stirn sorgenvoll in Falten gelegt.

«Ich wollte nur ...» Weiter komme ich nicht. Mein Blick bleibt an einem großen Stück Stoff hängen, das an der Innenseite der Tür befestigt ist. Es ist ein grob abgerissener Fetzen, der von einem viel größeren Stück stammen muss. Schwarzblaue Linien ziehen sich darüber, zeichnen die Straßen und Häuser von St. Harbour nach, dahinter eine un-bewohnte Wildnis, die an den endlosen Ozean grenzt.

Ich trete näher heran und finde das Gasthaus und auch das Badehaus. Dünnere, gräuliche Linien laufen vom Badehaus zu sämtlichen Gebäuden der Stadt. Wie ein Spinnennetz, das sich um diesen Ort gewoben hat.

Ich folge dem Verlauf der Straßen bis zu der Stelle, an der der Masineh stehen müsste. Statt des alten Baumes ist nur die Höhle verzeichnet, in der er wächst.

«Was ist das hier?» Ich deute mit dem Finger auf ein hausartiges Symbol, das weiter im Norden liegt.

Tinna tritt näher an die Karte heran und schüt-telt dann den Kopf.

«Das alte Leuchthaus», erklärt sie ehrfürchtig. «Es wurde vor vielen Jahren aufgegeben, weil durch das Lichtsignal viele Schiffe auf Grund gelaufen sind. Die Leute sagen, dass dort die Geister der Verschollenen herumspuken.»

«Dann ist es ein gutes Versteck, oder?» Tinna reißt die Augen auf, als hätte sie selbst einen Geist gesehen. «Niemand würde dort nach ihr suchen.»

«Findest du das nicht ein bisschen zu einfach?» Tinna legt eine Hand an ihr Kinn. «Jeder hier kennt diesen Ort. Wir werden auf keinen Fall die Einzigen sein, die dort suchen.»

«Es ist das einzige Versteck hier in der Nähe. Und unsere einzige Idee. Wie lange brauchen wir, um dorthin zu kommen?»

«In deinem Zustand? Etwa einen Tag, schätze ich. Ich bin selbst noch nie dort gewesen.»

«Dann nehmen wir die hier wohl besser mit.» Ich reiße die Karte von der Tür und rolle den Stoff zusammen. Ein bisschen fühlt er sich an wie ein mit Wachs bestrichenes altes Hemd. Möglicherweise hat Lenny die Karte selbst gemalt, als es ihm in den letzten Wintern zu langweilig war.

Bevor ich aus dem Zimmer hinke, stecke ich auch noch Lennys Kompass ein. Zurück in meiner eigenen Kammer werfe ich mir sämtliche Kleidungsstücke über, die ich finden kann, und verstaue mein Schnitzmesser im Schaft meiner Stiefel.

«Worauf habe ich mich nur eingelassen», stöhnt Tinna, während sie mich gründlich in Augenschein nimmt. «Du bist mir was schuldig, wenn wir aus dieser Sache heil herauskommen.»

Ich nicke brav und folge ihr hinunter in den Gastraum.

«Giroux macht Besorgungen am Hafen», erklärt sie und flüstert trotzdem. «Jakub wartet am Badehaus.»

Ich nicke nur, auch wenn mir eine Gänsehaut den Nacken hochkriecht, wenn ich an den Hund denke. Ich humple hinter Tinna nach draußen und durch die Gassen von St. Harbour. Der Wind ist eisig, und ich schlage umständlich den Kragen meines Mantels nach oben. Bis wir die Überreste des Badehauses erreichen, habe ich es tatsächlich geschafft.

Der Anblick der Trümmer lässt glühende Flammen vor meinen Augen tanzen. Ich muss stehen bleiben, mich auf meinem Stock abstützen und zu Atem kommen, als wäre ich den ganzen Weg gerannt. Der Geruch von Rauch kriecht bis in meinen Kopf, um dort einen stechenden Schmerz auszulösen, der schlimmer ist als jedes zertrümmerte Knie.

Verschwinde von hier.

Ich kann Gwen sehen, wie sie sich gegen Lenny gewehrt hat, wie sie mich angesehen hat. Sie hätte sich keine Gedanken um mich machen sollen. Vielleicht hätte sie dann gegen ihn gewonnen.

Ich stoße den Stock so heftig in den Schnee, dass ein Beben durch meinen Arm vibriert. Doch erst Jakubs Bellen reißt mich zurück in die Realität.

Mit geklärtem Blick betrachte ich das Badehaus, das als solches nicht mehr zu erkennen ist. Es ist nur noch ein verkohltes Ungetüm hölzerner Grauenhaftigkeit, welches vor uns in die Höhe ragt. Selbst der Schnee macht einen Bogen darum.

«Was ist mit dem Stein?», frage ich leise.

Der Seelenkristall hat direkt hinter mir gestanden, als das Feuer ausgebrochen ist. Kann er verbrannt sein?

«Giroux hat ihn an einen anderen Ort gebracht.» Tinna streichelt Jakub liebevoll zwischen den angelegten Ohren, während sein Blick auf die Trümmer gerichtet ist. Seine Nase zuckt.

«Lasst uns gehen!»

9 décembre 1723

Mein Bein fühlt sich an, als hätte man es unterhalb des zertrümmerten Knies mit einer stumpfen Säge abgetrennt. Die improvisierte Schiene reibt derart stark an den Verbänden, dass ich blutige Druckstellen davon habe. Ich begutachte mein Bein im schwachen Lichtschein meiner kleinen Laterne. Tinna hat den Verband erneut gewechselt, sämtliche Kräuterpasten aufgetragen, die sie kennt, mir diesen ekelhaften, aber schmerzlindernden Tee verabreicht und trotzdem wird mir übel, wenn ich an den Marsch denke, den wir heute zum zweiten Mal starten.

Die Pritsche quietscht, als ich aufstehe. Ich wollte diese Kammer nicht wieder betreten, bevor ich Gwen nicht gefunden habe. Stattdessen haben sich uns gestern Oliviers Männern, diese Idioten, in den Weg gestellt. Niemand, das heißt kein Mann, darf St. Harbour verlassen. Nicht in Richtung des Leuchtturms. Auch nicht irgendwo anders hin. Im Umkehrschluss heißt das nichts anderes, als dass Olivier Lennys Versteck gefunden hat und dass wir richtig lagen – dass es etwas mit dem verlassenen Haus zu tun hat.

Ich ziehe meine Sachen über, schnalle die Schiene trotz der Schmerzen an mein Bein und hinke hinunter in den Gastraum. Der Kamin ist kalt. Die Tische unbesetzt. Bis auf Jakubs klappernde Krallen ist es totenstill.

«Wo ist Giroux?», frage ich Tinna, als sie aus der Küche kommt.

«Ich habe ihn seit gestern nicht mehr gesehen.» Sie legt neuen Proviant und Salben in einen Beutel und verschnürt ihn.

«Dann sollten wir aufbrechen.»

Wir verlassen das Gasthaus, und wie von selbst wandert mein Blick zu dem Schild, das über der Tür im Wind schaukelt. Der Blüte Schuld auf ewig dein, helfen kann der Bär allein. Die Worte leuchten geradezu auf dem Holz.

«Kommst du?» Tinna folgt meinem Blick und mustert mich dann misstrauisch. «Wir kriegen Probleme», murmelt sie nur.

Ich folge ihren Blick über den Platz und erkenne in der gegenüberliegenden Gasse eine Laterne. Sie hält direkt auf uns zu.

«Zum Hafen», wispere ich.

Wenn wir nach Süden gehen, werden sie uns vielleicht in Ruhe lassen. Und dann suchen wir uns einen anderen Weg. Einen, den Olivier nicht überwachen lässt.

Wir folgen den Gassen hinunter zum Eismeer. Es scheint mir, als ob mit Gwen jede Wärme aus St. Harbour verschwunden wäre und ich frage mich, ob nur ich das so empfinde. Was auch immer sie hier von Gwen halten, wie sehr die Fischweiber sie auch hassen für das, was sie im Gasthaus tut – niemand kann so blind sein, dass ihm Gwens Stärke, ihr Leuchten entgehen würde.

Jakub knurrt neben uns, als wir den Hafen fast erreicht haben.

«Er ist immer noch da», meint Tinna mit einem kurzen Blick über die Schulter. «Was machen wir jetzt?»

Ich überlege nur eine Sekunde, während ich langsamer werde. Als ich spüre, dass unser Verfolger direkt hinter mir steht, fahre ich zu ihm herum.

«Was willst du?», knurre ich, ohne zu sehen, mit wem ich spreche. Erst, nachdem ich lange genug in diese giftgrünen Augen gestarrt habe, nehme ich mir einen Moment, den Mann zu betrachten. Er ist dicklich, steht aufrecht wie ein Soldat und ist in eine Uniform gekleidet, die ich nur zu gut kenne, weil sie jeder Matrose an Bord eines französischen Handelsschiffes trägt.

«Ich weiß nicht, was Ihr meint», säuselt er mit einem Zucken im Mundwinkel.

Ich lächle aufgesetzt zurück. Tinnas Griff um meinen Ellenbogen verstärkt sich merklich, als ich mich vor dem Matrosen aufbaue.

«Dann wollt Ihr also auch zum Hafen?», frage ich ihn. «Heute ist Markt, oder? Der Fisch soll diese Woche besonders günstig sein.»

«Es interessiert mich einen Dreck, wie viel der Fisch kostet.» Er spuckt aus. In derselben Bewegung greift er an seine Seite und umfasst den Schaft seines Degens. «Du scheinst nicht zu wissen, wie viel dein Kopf diese Woche wert ist.»

Ich ziehe Tinna augenblicklich hinter mich, als er seinen Degen zieht und uns vor die Brust hält. Aber es ist reines Wunschdenken, dass ich sie verteidigen könnte. Nicht in meinem Zustand. Nicht ohne Waffen. Nicht gegen jemanden, den Olivier ausgewählt hat. Jakub bellt laut auf Höhe meines Knies. Er hält den Kopf gesenkt, die Zähne gefletscht. Ich spüre die Vibration seines Atems bis ins Mark.

«Man erzählt sich, du wärst wohlerzogen. Aus gutem Haus. Sei so zuvorkommend und schicke das Mädchen zum Teufel, damit sie dein Ende nicht mit ansehen muss», trällert der Matrose.

«Ich gehe nirgendwo hin!», keucht Tinna hinter mir. Ich weiß, dass sie es lauter sagen wollte. Ich weiß, wie eine Stimme klingt, wenn sie von Angst zerfetzt wird, bevor sie Worte hervorbringen kann.

Jakub macht einen Schritt nach vorn, schnappt nach dem Hosenbein des Matrosen und verfehlt es nur knapp. Für ihn Anlass genug, seinen Degen zu schwingen. Ich hechte mit meinem gesamten Gewicht auf seinen Arm, aber mein Körper ist träger, als meine Gedanken ihn in Erinnerung haben. Mein Bein knickt unter meinem Gewicht zur Seite. Tinna reagiert sofort. Sie packt mich um die Mitte und zerrt mich mit einem Ächzen zurück auf die Füße.

Aber sie verpasst den Angriff des Matrosen. Die Spitze seines Degens schneidet in ihren Oberarm. Der Stoff der Jacke teilt sich unter der Klinge. Ich sehe, wie rote Flüssigkeit darunter hervortritt. Im gleichen Atemzug führt der Matrose einen neuen Angriff, zieht die Spitze des Degens gekonnt über Tinnas Hals hinweg.

Sie taumelt zurück, obwohl ich sie halte. Blut quillt zwischen ihren Fingern hervor, als sie die Hand auf ihre Wunde presst. Dann ein dumpfer Schlag. Ein heiseres Knurren.

Mit Tinna im Arm fahre ich zu dem Matrosen herum und sehe nur noch seinen reglosen Körper am Boden liegen. Dahinter steht im Zwielicht ein Fischweib.

«Das wollte ich schon immer mal machen», jubelt sie und wirft das Holzscheit zur Seite, mit dem sie den Matrosen erledigt hat.

Tinna würgt ein Gurgeln hervor, von dem ich mir nicht sicher bin, ob es ein Lachen sein soll. Jakub hält uns im Zweifel den Rücken gegen das Fischweib frei, also betrachte ich Tinnas Wunde. Sie ist nicht tief. Trotzdem wird es ihre Bewegungsfreiheit einschränken, bis es komplett verheilt ist. Die Voraussetzungen für unsere Mission werden immer besser.

«Danke», sage ich schließlich an unsere Retterin gewandt. Ich erkenne sie als eine der Frauen wieder, die damals meinem Streit mit Gwen am Fluss beiwohnten.

«Pas de quoi», winkt sie ab. «Dankt mir, wenn ich euch aus der Stadt gebracht habe.»

Ich spüre, wie mein Herz einen Schlag aussetzt. Selbst Jakubs Aggression fällt in dem Bruchteil einer Sekunde von ihm ab.

«Du willst uns aus der Stadt bringen?», krächzt Tinna, die Augen zu Schlitzen geformt.

«Ihr seid doch auf der Suche nach Gwen, oder?»

Wir nicken.

«Na, also. Kommt mit! Ich habe nicht den ganzen Tag Zeit.»

«Warte!», fährt Tinna sie an. «Du kannst meine Schwester nicht ausstehen. Dir kann es doch egal sein, was aus ihr wird. Wahrscheinlich bist du sogar froh, wenn sie nicht mehr hier ist.»

«Und genau das ist der Punkt.» Sie verdreht die Augen beim Anblick unserer verwirrten Gesichter. «Ich will, dass sie verschwindet, aber das bedeutet nicht, dass ich ihr Unheil wünsche. Ich will, dass sie diesen Ort mit ihm verlässt. Er ist sowieso der Einzige, der sie retten kann.» Ihr Finger deutet auf meine Brust, während sie Tinna in die Augen schaut. «Ich habe es gesehen», fügt sie dann ehrfürchtig hinzu. Ihr Blick wandert zu mir. «Ich habe gesehen, wie du sie ansiehst und wie sie dich angesehen hat. Unten am Fluss. Jeder Mensch verdient jemanden, der ihn so ansieht.»

Ich erinnere mich an den Streit, den ich mit Gwen am Fluss gehabt habe. Sie hat mich mit einem nassen Hemd verprügelt. Dann hat Jakub mich angefallen. Gwen hat mich mit einer solchen Abscheu angesehen, wie ich sie noch nie bei jemandem gesehen habe. Nicht einmal bei meinem Vater. Diesen Blick werde ich nie vergessen und gleichzeitig will ich ihn nie wieder sehen.

«Deshalb werde ich euch helfen.»

Das Fischweib heißt Maely. Unter ihrem Haus befindet sich ein Tunnel, der auf direktem Weg aus der Stadt hinaus zu einer Felsformation nahe des Flusses führt. Wir folgen ihr brav. Als wäre sie eine alte Freundin, der man blind vertraut. Mein Kopf ermahnt mich auf dem ganzen Weg, wachsam zu sein, jeden Schritt zu hinterfragen. Aber ich weiß, dass sie uns helfen will. Bloß ist mir nicht klar, woher ich das wissen will.

«Geht von hier aus Richtung Norden bis zur Schattenlichtung. Ich habe beobachtet, wie ein paar Männer zum Leuchtturm aufgebrochen sind», erklärt sie flüsternd und sieht sich prüfend nach allen Seiten um.

Der Wald ist still. Allein der Fluss plätschert durch den Schnee. Ich halte meine Laterne etwas höher, um die Umgebung nach möglichen Gefahren abzusuchen, finde aber nichts.

«Was macht das Bein?», fragt Maely da plötzlich. «Jeder im Ort weiß, dass du eigentlich tot sein solltest.»

«Es geht», lüge ich und ignoriere den Schmerz in meinem Knie.

«Das habe ich mir gedacht.» Sie winkt uns um die Felsen herum. «Zu Fuß werdet ihr sie niemals rechtzeitig finden.»

«Wir haben keine andere Wahl.» Tinna zupft an dem Verband, der um ihren Hals herumgebunden ist und auf den Maely bestanden hat. Er hält ihren Kopf gerade, aber ich kann mir vorstellen, dass er mindestens genauso unangenehm sein muss wie die Schiene an meinem Bein.

«Doch, die habt ihr.» Maely deutet mit der freien Hand ins Dunkel. Wir folgen ihrer Bewegung mit den Augen. Zunächst kann ich nichts erkennen. Doch dann höre ich ein Schnauben.

«Du willst uns dein Pferd geben?»

«Ihr braucht es dringender als ich. Und abgesehen davon geht es ihm hier nicht besonders gut. Es muss laufen, sich bewegen, arbeiten. Wenn ihr es nicht mehr braucht, bringt es in den Wald und lasst es frei.»

Tinna klappt neben mir den Mund auf und wieder zu. Jakub dagegen fällt auf die Vorderläufe und vergräbt seine Schnauze dazwischen, als wolle er so seinen Dank zum Ausdruck bringen. Als würde er verstehen, worüber wir gesprochen haben und was es für Gwen bedeuten kann.

«Danke», sage ich erneut, unfähig zu begreifen, wie wir solches Glück haben können.

«Versprich mir lieber, dass du sie mitnimmst.»

«Das werde ich.» Und wie ich das werde!

«Du sitzt vorn», findet Tinna ihre Sprache wieder. «Ich habe keine Ahnung, wie ich so ein Tier dazu bringe, das zu tun, was ich will.»

Wenige Minuten später verschwindet Maely in dem geheimen Tunnel und wir galoppieren los in Richtung Norden. Jakub sprintet neben dem Pferd her. Er hat keine Mühe, das Tempo zu halten.

Das Gefühl von Euphorie schwillt in meiner Brust zu einem wohligen Druck an. Zum ersten Mal, seit ich meinen Entschluss gefasst habe, Gwen zu retten, sehe ich eine reale Chance vor mir. Zum ersten Mal weiß ich, dass ich Gwen finden kann. Und heute habe ich gelernt, dass sogar die Menschen, die Gwen nicht mögen, bereit sind, ihr zu helfen. Bis hierhin lief einfach alles viel besser, als es hätte laufen können.

Wir erreichen eine Lichtung. Wolken ziehen über den dunklen Himmel, verkünden Schnee. Aber mich fröstelt, weil es plötzlich Tinnas Worte sind, die mir im Kopf herumgeistern. *Findest du nicht, dass es zu einfach ist?*

10 décembre 1723

Wir haben den Leuchtturm in den späten Abend-stunden erreicht. In einem kleinen Waldstück un-weit der Klippen haben wir über die Nacht gelagert und so sehr gefroren, dass wir über dem Geräusch unserer klappernden Zähne kein Auge zugetan haben. Auch wenn die Schlaflosigkeit genau wie unsere Verletzungen an unseren Kraftreserven zehrt, erlaubt sie uns nun, zu früher Stunde die Gegend auszukundschaften.

«Hast du sie schon gesehen?»

Ich schüttle den Kopf. Olivier und seine Männer müssen hier irgendwo sein, aber die andauernde Dunkelheit des Winters hilft uns nicht gerade. Allein ihre Spuren haben wir entdeckt. Ich bete zu Gott, dass sie unsere Spuren nicht genauso schnell finden werden. Wir brauchen Zeit.

Jakub bleibt fünf Schritte vor uns stehen. Er hält die Nase in die Luft, dreht den Kopf hin und her und reckt dann die Schnauze nach vorn. Ich ver-suche, den Geruch wahrzunehmen, den er zweifellos entdeckt hat. Aber es gelingt mir nicht. Gegen die Sinne eines Hundes komme ich nicht an.

Tinna und ich folgen ihm ein Stück und mir fällt auf, dass ich keine Angst mehr empfinde, wenn ich in Jakubs Nähe bin. Ich traue ihm keinesfalls, habe immensen Respekt vor seiner Größe, seiner Stärke und seiner seltsamen Fähigkeit, die intelligenten Worte eines Menschen bis ins Detail zu erfassen. Aber mir stellen sich nicht mehr die Nackenhaare auf. Ich werde nicht mehr zu Stein, wenn ich in seine Augen sehe.

Tinna tippt mir auf den Arm und deutet nach vorn. Ich entdecke den kleinen Lagerplatz unterhalb eines Felsvorsprungs. Das Feuer glimmt noch ein wenig. Ringsum haben sich fünf Männer auf Decken zusammengerollt. Ein sechster rappelt sich soeben auf, reibt sich über die Arme, um die Kälte zu vertreiben, und blickt sich prüfend um.

Wir halten gleichzeitig die Luft an.

«Hoch mit euch!», fährt er dann die anderen an.

Tinna seufzt erleichtert neben mir. Jakub knurrt. Ich würde es ihm gleichtun, wenn ich könnte. Trotz der vielen Kleiderschichten und dem vermummten Gesicht haben wir Olivier sofort erkannt. Es besteht kein Zweifel.

«Warum liegt er hier faul rum, wenn er das Versteck gefunden hat?»

Ich zucke mit den Schultern, den Blick weiter auf die Männer gerichtet, die nun einer nach dem anderen in die Höhe fahren.

Sie tragen jeder einen Degen bei sich, manche auch zwei. Ich bezweifle, dass es die einzigen Waffen sind.

Olivier tritt dem letzten in die Seite, damit er aufsteht.

«Ist euch im Schlaf etwas in den Sinn gekommen oder habt ihr nur faul herumgelegen?» Die Männer schütteln murmelnd den Kopf. «Dachte ich mir.» Er stapft davon, erklimmt die Felsen mit großen Sprüngen und bleibt dann breitbeinig vor dem Eingang des Leuchthauses stehen.

Das alte Backsteinhaus entspricht fast dem Symbol, das Lenny auf seiner Karte dafür gewählt hat. Ein normales Haus mit einem hoch in den Himmel ragenden Turm auf dem Dach. Oben befindet sich ein Ausguck. Wir beobachten, wie Olivier gegen die Tür hämmert. Dagegen tritt.

«Er hat das Versteck gefunden, aber er kann es nicht betreten», spricht Tinna aus, was ich soeben begriffen habe.

«Wahrscheinlich ist die Tür verschlossen», mutmaße ich.

«Mehr als das. Sie ist mit einem Bann belegt, der es unmöglich macht, sie zu öffnen.»

«Wie konnte Lenny dann hinein?»

«Er muss ihn gebrochen haben.»

«Kann Gwen sowas? Bannsprüche erschaffen, meine ich?»

Tinna hebt die Schultern.

«Sie hat nie über ihre Kräfte gesprochen. Ich bin mir nicht sicher, ob sie selbst weiß, was sie alles kann. Aber vermutlich hat ihre Gabe Lenny geholfen, in den Turm zu kommen.»

Mir wird übel, wenn ich daran denke, dass Lenny sie für seine Zwecke benutzt, dass er sie zwingt, Dinge für ihn zu tun.

Wir schlagen einen Umweg ein und nähern uns dem Turm von der anderen Seite. Es ist schwer, den richtigen Weg ohne Laternen zu finden. Aber im Feuerschein hätten die Männer uns zweifellos bereits entdeckt. Wir sind nicht so flink unterwegs, dass wir uns gut verstecken können. Jakub ist der Einzige von uns, der perfekt mit der Umgebung verschmilzt.

«Verfluchtes Drecksvieh!», hören wir Olivier über uns fluchen. Er tritt ein weiteres Mal gegen die Tür.

Wir finden einen Platz unter einem Felsvorsprung, kauern uns hin und lauschen. Wind peitscht uns um die Nasen und selbst Jakub rollt sich zusammen. Ich schließe die Augen, um mich zu konzentrieren.

«Verfluchtes Rätsel! Holt mir endlich einen Rammbock!», plärrt er zu seinen Männern hinunter. «Ich lasse mir dieses Mädchen doch nicht entgehen, weil ich eine Holztür nicht aufkriege!»

Schritte nähern sich, knirschen auf dem eisbedeckten Felsen. Es wird eine Entschuldigung gemurmelt.

«Laber nicht herum! Besorg mir etwas, um diese verdammte Tür in Kleinholz zu zerlegen. Und zwar noch dieses Jahr!»

Die Schritte entfernen sich wieder.

Mit Gewalt wird er die Tür nicht öffnen können. So viel steht fest. Wie auch immer diese Banne und Flüche funktionieren, sie lassen sich nicht einfach aus dem Weg räumen. Ich richte mich ein Stück auf und spähe über die Felskante. Olivier hat uns den Rücken zugewandt, starrt die Tür an, als wolle er sie nun mit bloßer Geisteskraft einreißen.

Der Blüte Schuld Rettung sei dem bestimmt, der sich zuerst selbst erkennt.

Die Worte sind über der Tür in glühender Schrift in den Stein gemeißelt. Es ist nun der dritte Spruch dieser Art, der mir in St. Harbour begegnet. Auch Tinna streckt sich, um einen Blick auf den Turm zu erhaschen. Sie liest die Worte und schnaubt, als sie zurücksinkt.

«Wunderbar. Jetzt müssen wir auch noch den Bann über dem Rätsel lösen, damit wir es entziffern können.»

Ich sehe sie verwundert an, doch sie schüttelt nur den Kopf. Jakub dagegen macht sich nun lang und wirft ebenfalls einen Blick nach oben. Als er zu uns zurückkehrt, starrt er mich an. Mich überläuft ein eisiger Schauder.

«Kannst du lesen, was dort steht, Evan?», wispert Tinna gegen den Wind.

«Ich denke schon.» Ich beobachte, wie sich ihr Gesicht gleichzeitig aufhellt vor Erleichterung und verfinstert vor Verwunderung.

«Was steht dort?»

«Der Blüte Schuld Rettung sei dem bestimmt, der sich zuerst selbst erkennt.»

Ihre Augenbrauen hüpfen erstaunt in die Höhe.

«Was denkst du?», hake ich nach, als sie nicht den Anschein macht, mir irgendetwas erklären zu wollen.

Doch Tinna klettert eilig den Felsen hinunter. Ich bemühe mich, ihr zu folgen. Meine Verletzungen machen es mir nicht gerade leicht. Und Jakub, der mich von der Seite anfunkelt, ist auch keine Hilfe.

Ich hole Tinna erst im Wald wieder ein und muss mich gegen einen Baum stützen, um auf den Beinen zu bleiben.

«Ich wusste es», murmelt sie fortwährend wie eine Beschwörungsformel. «Es musste ja so kommen.»

«Was ist los?»

Tinna bleibt vor mir stehen und mustert mich von Kopf bis Fuß. Jakub dagegen begibt sich in Angriffsstellung. Nur hat er nicht mich im Visier. Er knurrt gefährlich leise.

«Du musst es erfahren», nuschelt sie. «Er muss es wissen, Jakub.» Sie wirft dem Hund einen flehenden Blick zu, woraufhin dieser nur noch lauter knurrt.

Wenn das so weitergeht, wird Olivier uns bald entdecken.

«Würde jemand so freundlich sein, mir zu erklären, was hier los ist?», zische ich.

Tinna seufzt.

«Du kannst das andere Rätsel auch sehen, oder? Das am Gasthaus?», fragt sie mich. Ich nicke. «Ich wusste es.» Wieder seufzt sie, bedenkt den Hund mit einem mitfühlenden Blick. «Jakub ist der Einzige, der sie außer dir lesen kann», platzt sie dann heraus. «Und wie du dir denken kannst, ist er nicht einfach nur ein Hund.»

Ich blicke von ihr zu Jakub, dessen Augen nie mörderischer gefunkelt haben.

«Was soll das heißen?» Ich bin offenbar schon zu lange in St. Harbour, als dass mich solche Offenbarungen noch von den Socken hauen würden.

«Giroux hat ihn in einen Hund verwandelt. Es ist fünf Jahre her.» Jakub knurrt ein letztes Mal. Dann trottet er in den Wald davon. «Er kann es nicht ertragen, wenn wir davon erzählen.» Tinna lehnt sich ebenfalls gegen einen Baumstamm, senkt den Blick auf ihre Hände, die sie fröstelnd aneinanderreibt. «Jakub ist unser Bruder. Vor fünf Jahren hat er versucht, uns von hier fortzubringen. Er hat sich Giroux in den Weg gestellt, als der uns aufhalten wollte. Daraufhin hat Giroux ihn in einen Hund verwandelt, fähig, jedes gesprochene Wort zu verstehen, aber keines zu sprechen. Nur Gwen und ich wissen, was er sagt.»

«Deshalb sprecht ihr so seltsam mit ihm. Nicht wie mit einem Hund.» Ich frage mich, wie mir das nicht früher in den Sinn kommen konnte.

«Er ist kein Hund. Nur äußerlich. Innerlich ist er immer noch ein Mensch. Ein großer Bruder, der versucht, seine Schwestern zu beschützen.» Sie steckt sich eine lose Haarsträhne hinters Ohr. «Jakub kann die Rätsel lesen, weil sie Teil seines Fluches sind. Er muss sie lösen und Gwen muss ihre absolute Loyalität und Liebe ihm gegenüber beweisen, damit Jakub wieder zum Menschen werden kann.»

«Wieso immer nur Gwen? Was ist mit dir?»

Tinna schließt die Augen.

«Ich besitze keine magischen Fähigkeiten, Evan.» Ihre Stimme zittert, als wäre das die schwerste Bürde, die man ihr jemals aufgelastet hätte. «Gwen kann die Schwerkraft außer Kraft setzen und Seelen ernten. Jakub ist übermenschlich stark. Die beiden haben sozusagen die doppelte Portion an Magie abbekommen. Für mich war wohl nichts mehr übrig. Und deshalb kann ich auch nicht in Flüche eingeschlossen werden.»

«Aber wieso kann ich dann die Rätsel sehen?»

«Weil du anders bist, Evan.» Sie zuckt die Schultern. «Du bist jemand, der diese Stadt niemals hätte betreten dürfen. Dieses ganze magische System, alles, was du bisher herausgefunden hast und zweifellos noch herausfinden wirst, war nicht auf dich vorbereitet. Nur deshalb hattest du bisher leichtes Spiel.»

Ich schnaube verächtlich und stoße mich dabei vom Baumstamm ab.

«In einem brennenden Haus bei lebendigem Leibe fast zu Asche zu werden, ist absolut leichtes Spiel.»

«Du weißt, was ich meine», fährt sie mich an. «Du hast deine Seele noch. Du bist dieser Stadt und Giroux noch nicht zum Opfer gefallen, obwohl du schon wochenlang hier bist und dich in Gwen verliebt hast. Jeder vor dir hat es höchstens vier Tage durchgehalten, ihr zu widerstehen.»

Ich brumme in mich hinein, weil der einzige Grund, weshalb ich Gwen nicht angerührt habe, doch der ist, dass sie mich wieder und wieder zurückgewiesen hat. Weil sie zu wissen glaubt, dass ich hier nicht hingehöre, dass ich sie nicht retten kann und nur knapp mit meinem Leben davonkommen werde, wenn ich diese verdammte Stadt verlasse.

«Wozu sind die Rätsel nun da?», frage ich dann, um den Erinnerungen auszuweichen.

«Wir wissen es nicht. Es heißt, dass man zum Bären werden muss, um die Lösung zu finden. Das ist die einzige wahrhaftige Chance auf Rettung.»

«Und was soll das wieder heißen? Zum Bären werden?» Den Leuten hier scheint die Fähigkeit abhandengekommen zu sein, sich auch nur ein einziges Mal klar und deutlich auszudrücken. Immer nur Rätsel. Immer nur Geheimnisse. Ich versuche, die Wut darüber unter Kontrolle zu halten, aber je länger ich nicht weiß, wie es Gwen geht, umso näher komme ich dem Punkt, an dem ich diese Kontrolle verliere.

«Der Bär ist nach dem Glauben der Beothuk ein Meister seiner eigenen Kräfte. Er steht für Lebenskraft, Mut und Instinkt. Er ist ein Krafttier, das sich vollkommen an seine Lebensumstände anpasst, eine starke Verbindung zu seinen Nächsten eingeht, sich bis in sein Inneres zurückziehen kann und seine eigene Wut perfekt unter Kontrolle hat.»

«Also muss Jakub zum Meister seiner Kräfte werden, damit er die Rätsel lösen kann.»

«Jakub oder du», korrigiert sie mich. «Das gefällt ihm nicht. Natürlich nicht. Er ist der große Bruder, der uns immer beschützt hat, vor allem Gwen. Und jetzt tauchst du plötzlich auf und Gwen mag dich auch noch, und dann kannst du zusätzlich die Rätsel sehen und vielleicht sogar lösen. Der Stolz meines Bruders ist unermesslich, aber wir sollten die Chance nicht verschenken. Wenn du die Rätsel sehen kannst, bist du genauso ein Teil unserer Rettung wie er. Ob es ihm gefällt oder nicht.»

«Bis er mich eines Nachts vor Wut zerfleischen wird», stöhne ich auf. Ich will nicht Jakubs Konkurrent sein. Am liebsten will ich gar nichts für ihn sein. Die Vorstellung, ihm vielleicht irgendwann einmal als Mensch gegenüberzustehen, überfällt mich kalt und macht mir mehr Angst als jede Hundegestalt dieser Welt.

«Er wird dich nicht anrühren. Das tut er nie.» Sie streicht ihren Rock glatt und zupft eine lose

Fussel davon ab. «Gwen mag dich. Jakub würde nie riskieren, ihren Zorn auf sich zu ziehen.»

11 décembre 1723

Wir haben einen ganzen Tag verloren! Das ist der einzige klare Gedanke, den ich fassen kann. Einen ganzen Tag! Weil Olivier und seine Männer wie Bluthunde den Eingang zum Haus bewachen und die Umgebung absuchen. Wir hatten keine Chance, an ihnen vorbeizukommen. Stattdessen sind wir tiefer in den Wald gegangen. Bis wir den Leuchtturm nicht mehr erkennen konnten. Den ganzen Tag haben wir uns den Kopf über das Rätsel zerbrochen. Der Blüte Schuld Rettung ist dem bestimmt, der sich zuerst selbst erkennt.

Es klingt doch so einfach. Sich selbst erkennen. Zu einem Teil des Bären werden. Aber wie macht man das?

Es ist inzwischen tiefe Nacht. Keiner von uns kann schlafen. Die Kälte würde uns ohnehin sofort in die Knochen kriechen. Wir liegen auf der Lauer am Fuße des Plateaus, auf dem der Leuchtturm errichtet wurde. Oliviers Männer sind vor einer Stunde eingepennt. Er selbst wandert jedoch immer noch vor der Tür auf und ab. Sein Rammbock hatte natürlich keinen Erfolg.

Ich werfe einen Blick nach links, wo Jakub scheinbar gedankenverloren im Schnee herumkratzt.

Sein Blick ist starr zu Boden gerichtet. Ich frage mich, wie es in ihm aussieht. In seinem menschlichen Ich. Hat er eine Ahnung, wie man sich selbst erkennt? Eine Idee? Zum ersten Mal wünsche ich mir, dass wir miteinander sprechen könnten. So wie Tinna und Gwen es tun.

Ich blicke hoch zu dem alten Gebäude auf der Klippe. Kein Leuchtfeuer erhellt die Nacht. Kein Anhaltspunkt, der die Schiffe vom Ozean an die Küste leitet. Auch wenn wir Lennys Versteck möglicherweise gefunden haben, fühle ich mich genau so. Orientierungslos. Ohne Plan. Ohne auch nur den Hauch einer Ahnung.

Ohnmächtig.

Ein Gefühl, das ich nie wieder spüren wollte. Weswegen ich vor meiner Familie, meiner Vergangenheit geflohen bin. Jetzt überfällt es mich und lässt meine Brust eng werden, als hätte es gewusst, dass diese Nacht kommen würde.

Olivier steigt fluchend den Felsen hinab und gesellt sich zu seinen schlafenden Männern. Er stochert im Feuer herum, lässt sich daneben nieder und flucht noch mehr. Wenn er das Rätsel nicht sehen oder es nicht entwirren kann, sofern es doch für ihn erscheint, hat er keine Chance, die Tür zu öffnen.

Sich selbst erkennen. Ich starre die Holztür an, das milde Glühen, das sich darüber in der Dunkelheit abzeichnet.

«Du bleibst hier», bestimme ich an Tinna gerichtet. «Jakub und ich gehen allein.»

Sie will widersprechen, doch der strenge Blick ihres verwandelten Bruders lässt sie schweigen. Bockig verschränkt sie die Arme vor der Brust und wendet sich ab. Jakub und ich erklimmen den Felsen, nähern uns der Tür mit bedachten Schritten. Keine Geräusche. Keine Spuren auf dem eisbedeckten Felsen. Wir sind so unauffällig, als wären wir unsichtbar.

Rettung. Sich selbst erkennen.

Vor der Tür halten wir inne. Jakub wagt den Versuch, sie mit der Pfote zu öffnen, was natürlich nicht geht. Als Nächstes hält er seine Nase an die Tür, schnuppert am Holz und stößt ein leises Jaulen aus. Gwen ist hier. Das verstehe ich sogar, ohne seine Stimme zu hören. Wieder gleitet mein Blick hinauf zu der Schrift über dem Türsturz.

Rechts von mir ist ein Fenster in die dicken Mauern des Gebäudes eingelassen. Ich gehe hinüber, mache mich so lang, wie es mir nur möglich ist, um einen Blick in das Innere des Hauses zu erhaschen. Vielleicht kann ich sie sehen.

Eine kindische Hoffnung. Das Glas ist vereist und die Räume dahinter stockfinster. Nur der Mond spiegelt sich über meinem Ebenbild auf der Scheibe.

Es ist das erste Mal seit einer Ewigkeit, dass ich mein eigenes Gesicht betrachte. Abgemagert ist eine Untertreibung. Ich sehe aus, als hätte ich die letzten Monate ohne Brot und Wasser auf dem Ozean verbracht. Hinzu kommen die Verbrennungen auf meiner Wange, die mich für immer als einen Überlebenden kennzeichnen werden. Mein Vater würde vor Wut irgendetwas abfackeln, wenn er mich so sehen könnte. Den falschen Sohn, den Schwächling, der ein Feuer überlebt, der von Flammen gezeichnet durch die Wildnis jagt, um ein Mädchen zu retten, das er erst wenige Wochen kennt. Mir wird klar, wie sehr er sich immer in mir getäuscht hat. Und wie sehr ich mich von ihm habe täuschen lassen. Sein Hass an mich ist vergeudet gewesen. Jetzt, mit dem Gedanken an Gwen und ihre Augen, meinen eigenen Ozean, mein Zuhause, weiß ich das. Ich bin mehr, als er mir weismachen wollte. Ganz sicher bin ich nicht das, was er gewollt hätte. Keine Spielfigur, die er nach Belieben herumschubsen kann, die bedingungslos seinen Auflagen folgt. Und vor allem bin ich nicht sein Sohn.

Ich lege eine Hand an das vereiste Glas und beobachte, wie das Eis neben meinen erhitzten Händen schmilzt. Dann fällt mein Blick wieder auf mein Gesicht, das durch den Schein des Mondes nur zur Hälfte sichtbar ist. Als fehle mir ein Teil meiner selbst. Ich weiß, welcher Teil das ist. Und ich weiß auch, dass Jakubs Spiegelbild genauso aussieht, dass ihm der gleiche Teil fehlt, wenn auch an einer anderen Stelle. Das Mondlicht offenbart unsere Schwachstelle.

Es ist nur eine Idee und vielleicht ist sie nicht mal gut. Ich nicke Jakub zu und deute dann in Richtung des Lagers der anderen Männer.

«Wir brauchen einen Spiegel oder etwas in der Art», wispere ich.

Er geht einfach. Doch nicht zum Lager, sondern zur anderen Seite, wo Tinna uns die ganze Zeit über den Rand der Klippe hinweg beobachtet hat.

«Wartet hier!», sagt sie nur und klettert die Felsen hinab.

Jakub und ich schleichen zur anderen Seite, spähen hinab auf Oliviers Lager. Tinna schlüpft aus der Dunkelheit direkt zwischen die schlafenden Männer. Olivier ist inzwischen auch vom Feuer zu seinem Schlafplatz gewechselt und schnarcht so laut, dass wir es selbst hier oben hören. Auf Zehenspitzen, die ich selbst aufgrund der Kälte nicht mehr spüre, springt sie über die Schlafenden hinweg, durchsucht ihre Vorräte und Beutel mit spitzen Fingern, um schließlich etwas Glänzendes in unsere Richtung zu zeigen.

Mein Herz setzt zwei Schläge aus vor Erleichterung. Im selben Moment regt sich jedoch der Matrose, dem Tinna den Spiegel entwendet hat. Sie steht noch immer direkt neben ihm. Trotz der Dunkelheit erkenne ich seine aufgerissenen Augen, sein süffisantes Grinsen, als ihm ihr Rock ins Gesicht weht.

Jakub tritt zwei Schritte zurück. Mit drohendem Blick nimmt er Anlauf auf der Klippe und springt nach unten. Ich hechte zum Rand, zu langsam, um ihn aufzuhalten, aber schnell genug, um zu sehen, wie er sicher und direkt mit den Vorderpfoten auf der Brust des Matrosen landet. Bevor der auch nur ein Wort herausbekommt, hat die schwarze Bestie ihre Zähne in dessen Kehle versenkt. Präzise und tödlich. Der Kerl gibt nicht einen Laut von sich. Das Leben weicht stumm aus seinen Gliedern, die schlaff zu Boden sinken.

Ich starre immer noch hinab, als Jakub und Tinna hinter mir auf das Plateau steigen.

«Du hättest ihn nicht gleich umbringen müssen», knurre ich den Hund an und reiße mich von dem blutigen Anblick los.

«Er hätte ihm auch einen Schrecken einjagen können, nur damit der Dummkopf uns dann an Olivier verrät», verteidigt ihn Tinna. Kopfschüttelnd hält sie mir den Splitter eines Spiegels hin.

Ich atme einmal tief durch, dränge die Übelkeit zurück, bevor ich ihn nehme und wortlos zur Eingangstür marschiere. Das Mondlicht hat mir geholfen, mich selbst zu erkennen. Es würde jedem helfen. Ich messe sieben Schritte von der Tür aus ab. Dann stütze ich mich auf meinem Stock ab, suche eine möglichst stabile Position und drehe den Spiegel so in meiner Hand, dass der Mondschein als Punkt auf der Fassade des Hauses gebündelt wird. Mit winzigen Bewegungen bewege ich diesen Lichtpunkt auf das Schloss der Tür zu. Zentimeter um Zentimeter in zittrigen Bewegungen. Den kleinen

Schlitz zu treffen, erfordert all meine Konzentration. Schweißperlen treten mir auf die Stirn.

Ein Klicken, so leise wie das Knacken eines Zweiges unter den Hufen eines Karibus, lässt mich dermaßen zusammenfahren, dass mir beinahe das Glas aus der Hand rutscht.

Jakub steht wie versteinert neben mir, den Blick auf die Tür gerichtet, die vom Nordwind eine Handbreit aufgedrückt wird. Sein Schwanz wedelt nur ein klein wenig hin und her, ehe er mich aus seinen schwarzen Augen anstarrt und dann im Inneren des Hauses verschwindet.

«Bist du sicher, dass die Tür Olivier auch weiterhin abhält?»

«Ich vermute es. Wie gesagt, ich habe keine magischen Fähigkeiten, und mein Wissen darüber beschränkt sich auf das, was Gwen und Jakub so frei waren, mir zu erzählen.» Sie wirft dem Hund einen bösen Blick zu. Der knurrt nur warnend zurück. «Jakub meint, sie hält jeden ab, der das Rätsel nicht lösen kann.»

Zuerst hatte ich befürchtet, dass ich der Einzige sein würde, der den Leuchtturm betreten konnte. Glücklicherweise konnten auch Tinna und Jakub hineingehen. Die Suche allein fortzusetzen wäre ein Albtraum, wenn ich Gwen überhaupt finden würde.

Im Inneren des Hauses gibt es wenig zu sehen und schon gar keine Anhaltspunkte dafür, dass diesen Ort in den letzten zwanzig Jahren überhaupt jemand betreten hat. Allein Jakub ist es möglich, Gwens Spur zu wittern. Seine Körpersprache verrät deutlich, wie sehr er sich darüber freut, auf der richtigen Spur zu sein.

Tinna und ich sehen uns derweil in dem kahlen Raum um. Die wenigen Möbelstücke untersuchen wir gründlich, suchen nach geheimen Türen. Tinna steigt die Treppe empor und begutachtet den Ausguck.

«Sie ist nicht hier», sagt sie frustriert, als sie zurückkommt. «Er muss sie woandershin gebracht haben.»

Ich lasse mich auf dem einsamen Stuhl nieder und schüttle den Kopf. Wenn niemand außer Jakub und mir diesen Ort betreten kann, ist er trotzdem das sicherste Versteck in der ganzen Umgebung. Sie müssen hier sein.

«Vielleicht sind sie weitergegangen. Nach Norden. Die nächste Siedlung ist zwar einen Gewaltmarsch entfernt, aber von dort könnten sie ein Schiff genommen haben.»

Darüber will ich nicht nachdenken. Gwen muss noch hier sein. Irgendwo in greifbarer Nähe. Irgendwo, wo ich hingelangen und sie retten kann.

«Ich wollte es nur angesprochen haben», rechtfertig sich Tinna gegenüber Jakub, der sie anknurrt. «Ihr seid beide so richtige Sturköpfe!»

Jakub hebt den Kopf, als wäre er empört über diese Gleichstellung mit mir. Er wirft mir einen kurzen Blick zu, bevor er sich abwendet und an die Wand auf der anderen Seite des Raumes setzt. Er leckt seine Pfoten, die von Schnee und Eis ganz steif sein müssen.

«Olivier hätte sie doch gesehen, wenn sie den Turm verlassen hätten», merke ich an. «Sie müssen noch hier sein.»

Tinna seufzt.

«Wir haben alles abgesucht. Wo soll er sie denn verstecken? Wir hätten sie doch schon gesehen.»

Wieder schüttle ich den Kopf. Tinna wandert mit festem Schritt durch den Raum, durchmisst ihn von Norden nach Süden, Westen nach Osten. Je länger sie läuft, umso energischer werden ihre Schritte. Das Klappern ihrer Stiefel ist so laut, dass ich keinen klaren Gedanken mehr fassen kann. Ich schließe die Augen, reiße sie aber sofort wieder auf, als nur Flammen und Rauch in meinem Geist aufsteigen. Verdammt noch mal, mein Vater läuft bald in St. Harbour ein. Ich habe keine Zeit, hier herumzusitzen und in Selbstmitleid zu zerfließen. Ich muss Gwen finden!

Tinna läuft nun kleinere Kreise. Immer hin und her. Immer über die gleiche Stelle, die unter ihrem Gewicht quietscht und poltert.

«Stopp!»

Sie hält inne und starrt mich an. Jakub ist sofort zur Stelle. Er beschnuppert Tinnas Füße, schleicht mit angelegten Ohren um sie herum.

«Was ist denn?»

Ich antworte ihr nicht. Stattdessen schiebe ich sie sanft beiseite und trete selbst auf die Stelle. Ich klopfe mit meinem Stock auf das Parkett. Hohl.

Ich gehe ungeschickt in die Hocke, strecke das geschiente Bein in einem ungesunden Winkel von mir und untersuche den Boden. Die Dielen sind alt, marode, nicht mehr in der Position, in der sie eigentlich sein sollten. Eine ist so weit verschoben, dass ich mit zwei Fingern in die Fuge greifen kann. Ich ziehe an dem Holz, hebe es an, aber nichts tut sich.

Jakub untersucht die Stelle, während ich mein Schnitzmesser heraushole und ein Ende meines Stocks auf die richtige Größe zuschneide.

«Es macht mir Angst, wenn ihr euch verbündet.»

Ich muss ein bisschen schmunzeln. Das erste Mal, seit wir aufgebrochen sind. Es tut überraschend gut.

Den gespitzten Stock platziere ich zwischen den Dielen, schiebe ihn unter das Holz und stütze mich auf den Hebel. Im Sitzen wird das nichts. Tinna hilft mir auf, stützt sich mit mir zusammen auf den Stock, der sich unter der Spannung biegt. Dann ein Knacken. Jakub springt erschrocken zurück. Die Diele biegt sich nach oben und springt dann krachend aus ihrer Verankerung. Wir lehnen uns über die Spalte und blicken hinab in den eisblauen Abgrund.

«Will ich wissen, warum die Wände leuchten?», frage ich vorsichtig.

«Eingeschlossenes Polarlicht. Die alten Stämme haben es gefangen, um es für ihre Heilkünste zu nutzen. Die Einwanderer haben es gestohlen und hier eingeschlossen, damit die Schamanen die Verwundeten nicht mehr heilen konnten.» Mir läuft es kalt den Rücken hinunter. «Dann haben die Franzosen es als Leuchtfeuer verwendet. Aber Polarlichter lassen sich nicht versklaven. Deshalb sind alle Schiffe gesunken, die sich jemals an diesem Leuchtturm orientiert haben.» Tinna wirft Jakub einen Blick zu, in dem deutlich die Trauer zu spüren ist. Neben einer uralten Schuld.

«Kann man sie befreien?» Ich sollte damit aufhören.

«Gwen wüsste sicherlich, wie.»

Wir biegen weitere Dielen auf, bis der Einstieg groß genug für jeden von uns ist. Dann steigen wir eine schmale, abgetretene Treppe hinab, die aus etwas besteht, das aussieht wie Gletschereis, aber nicht glatt ist.

«Was bedeuten blaue Polarlichter?» Das Licht schimmert und bewegt sich hinter einer undurchlässigen Schicht. Als würde es uns spüren, wabert es an der Stelle, wo wir stehen.

«Sie stehen für Hoffnung und Genesung.»

Ich mache einen überraschten Laut. Wenn das mal kein glücklicher Zufall ist.

Wir bewegen uns tiefer nach unten, erreichen den Boden mit zitternden Knien und gehen trotzdem sofort weiter den schmalen Gang entlang. Ich muss mich stark auf dem Stock abstützen. Mein Knie ist inzwischen taub vor Schmerz. Es fühlt sich besser an, aber ich weiß, dass ich mich täusche. Wenn kein Schmerz mehr da ist, wo Schmerz sein sollte, übernimmt die Kälte. Bis sie sich in die Seele frisst und man sie nicht mehr loswird.

Tinna kommt zu mir und legt sich meinen freien Arm auf die Schultern. Ich wünschte, wir hätten das Pferd mit hierhernehmen können.

Nach knapp zwei Stunden Wanderung durch den eisblauen Polarlichttunnel erreichen wir einen gigantischen Hohlraum. Am Ufer des Sees, dessen Oberfläche so glatt ist wie ein Spiegel, halten wir inne.

«Wir sollten eine Pause machen.»

Ich weiß, dass Tinna recht hat. Mein Körper weiß es.

Widerwillig setze ich mich auf einen Felsen, lasse sie die Schiene abnehmen, die Wunden versorgen und ignoriere Jakubs durchdringende Blicke und die Schmerzen in meinem Knie. Als sie mit meiner Versorgung fertig ist, hole ich Lennys Karte heraus und zeichne mithilfe des Kompasses den Weg ein, den wir vom Leuchtturm aus gegangen sind. Den Blick auf den See gerichtet, schlafe ich irgendwann ein.

12 décembre 1723

Wir brechen früh auf. Erholt ist niemand von uns. Der Schlaf im Licht des Polarlichts ist seltsam leicht. Nicht mehr als ein Schleier vor den Augen. Ein Schwebezustand. Dafür zeigen Tinnas Salben langsam Wirkung. Meine Wunden fühlen sich besser an. Sie haben sich nicht entzündet. Fast zwei Liter schmerzlindernden Tee habe ich vor unserem Aufbruch in mich hineingeschüttet. Nach über einer Stunde Wanderung spüre ich, wie die Kraft in meine Glieder zurückkehrt.

Wir kommen gut voran. Jakub ist damit beschäftigt, Gwens und Lennys Spuren zu folgen, und leitet uns durch das verzweigte Tunnelsystem. Die Polarlichter erhellen zwar jeden Winkel, lassen aber auch alles gleich aussehen. Ich zeichne jeden unserer Schritte in die Karte.

«Diese Sache mit dem Bären», breche ich irgendwann das Schweigen, «stimmt das? Was die Beothuk sagen?»

«Es geht nicht darum, ob es stimmt.» Tinna schaut mit ernster Miene zu Jakub. «Die Franzosen haben die Stämme ausgelöscht. Eine Tatsache. Sind deshalb alle Franzosen schlechte Menschen? Eine Frage der Einstellung.» Ich gebe einen gepressten

Laut von mir, doch sie zuckt nur mit den Schultern. «Jakub will wissen, wie du das Rätsel gelöst hast.»

«Ich habe ...» Ich verstumme, als ich dem Blick aus seinen schwarzen Augen begegne. Nein, ich kann ihm das nicht antun. Ich bin mir sicher, dass er das Rätsel ebenfalls hätte lösen können. Das Glück stand auf meiner Seite, weil ich zuerst in das Fenster geblickt habe. Das ist kein Anzeichen dafür, dass ich auf irgendeine Art auserwählt bin. Aber er wird sich hassen, wenn er das erfährt. Seinen Unmut können wir uns jetzt nicht leisten.

«Ich weiß es nicht genau», schinde ich Zeit. «Ich denke ... ich denke, ich konnte es einfach. Es ist einfach passiert.» Am liebsten würde ich mit den Polarlichtern zu Sternenstaub verschmelzen, auch wenn ich weiß, dass es besser ist, wenn er nur mich hasst. Das ist schließlich nicht neu für uns beide.

«Er kann es riechen, wenn du lügst.»

Das wollen wir doch erst mal sehen.

«Mein Spiegelbild hat zu mir gesprochen, als ich auf die Lösung gekommen bin. Die Lösung darf niemandem anvertraut werden, der nicht auserwählt wurde.»

Jakub knurrt mich bösartig an. Mir kommt es vor, als würden seine blitzenden Zähne direkt in mein Herz schneiden.

«Was sagt er?»

«Das willst du nicht wissen.» Tinna umrundet uns und geht weiter voran.

«Kann ich das lernen? Ihn zu hören?» Wenn er meine Lügen riechen kann und mir körperlich überlegen ist, fände ich es ganz nett, wenn ich nicht über Tinna mit ihm streiten müsste.

«Aucune idée», zuckt Tinna im Gehen die Schultern. «Als Auserwählter findest du bestimmt irgendwann einen Weg. Dann kann Jakub dir seine blutigen Gedanken selbst mitteilen.»

Mon Dieu!

«Wenn ich deine Schwester retten soll, musst du dich mit der Umsetzung deiner Pläne noch gedulden», teile ich dem Hund mit ausgestrecktem Finger mit und erschrecke über meinen eigenen Mut.

«Seht mal!» Tinna deutet auf gräuliche Wirbel inmitten der Polarlichter.

«Was ist das?»

«Gwen. Sie kann die Signaturen der geernteten Seelen konzentrieren und dadurch Zeichnungen in jede Oberfläche einprägen. Sie überdauern nur so lange, wie sie genug Kraft hat, sie aufrechtzuerhalten.»

«Die Zeichnung ist fast verschwunden.»

Tinna nickt nur. Jakub knurrt.

«Die Zeichnungen locken die an, aus deren Seelen sie erschaffen wurden. Deshalb hat Olivier sie so schnell finden können.»

«Haben sie eine Bedeutung?»

Der Hund stellt sich auf die Hinterläufe und berührt das Symbol, das wie für ihn geschaffen auf seiner Höhe angebracht wurde, mit der Pfote. Sie hat gewusst, dass er kommt. Sie wusste, dass Jakub imstande ist, sie zu finden.

Er knurrt nochmals, aber diesmal klingt es, als würde er einen Fluch ausstoßen.

«Sie ist verletzt. Ihre Kräfte schwinden. Lenny will ihr einen Trank verabreichen, den er von Giroux gegen seine eigenen Schmerzen bekommen hat», übersetzt Tinna.

«Herzschmerz?»

Tinna zuckt die Schultern.

«Giroux' Tränke haben immer Nebenwirkungen. Um Schmerzen zu heilen, werden Kraftreserven verbraucht. Erinnerst du dich an die Salbe, die Gwen dir auftragen sollte, als du deine Beine nicht bewegen konntest?»

Wie könnte ich das vergessen. Der Gestank hängt mir noch in der Nase, wenn ich nur daran denke.

«Sie konnte dich gesund machen, aber sie sollte Gwen auch an dich binden. Sie wäre dir bedingungslos verfallen, hätte dir nicht mehr widerstehen können und deine Seele auf direktem Weg in den Kristall katapultiert. Deshalb hat Gwen mich geschickt. Jedes seiner Heilmittel hat einen Nutzen für ihn selbst. Gwen wird sich so lang wie möglich weigern, den Trank einzunehmen, aber wenn sie ihn trinkt, wird es sie etwas kosten.»

So, wie ich sie kenne, würde sie lieber sterben, als Giroux in die Hände zu spielen. «Wir sollten keine Zeit verlieren.»

Niemand widerspricht.

«Was ist dein Leibgericht?» Jakub schaut mich nicht einmal an. «Magst du die gleichen Speisen wie früher als Mensch?» Ich warte gespannt. Doch wieder hat der Riesenhund nicht einmal ein Knurren für mich übrig. Mit zu Schlitzen verengten Augen marschiert er weiter. Tiefer in den Tunnel hinein. «Wie alt bist du?» Zum Zeitvertreib und um meine Schmerzen zu vergessen, löchere ich Jakub seit Stunden mit Fragen. Ich versuche, seine Antworten zu verstehen, ohne dass Tinna übersetzen muss. Bisher verstehe ich jedoch nur, wie genervt er von mir ist.

«Er isst am liebsten meine Schweinepastete und ist dreiundzwanzig, Evan. Tu uns allen den Gefallen und hör jetzt auf damit.» Tinna verdreht die Augen.

Ich schnaube geräuschvoll. Wie soll man denn hier unten nicht verrückt werden, wenn man sich nicht ablenken darf? Die Gänge werden seit einigen hundert Metern immer enger. Wenn das so weitergeht, werden wir bald feststecken. Außerdem sieht einfach alles gleich aus und dieses blaue Leuchten brennt mir in den Augen.

«Du kannst seine Sprache nicht von jetzt auf gleich lernen.» Tinna schließt zu mir auf und legt mir eine Hand auf die Schulter. Direkt neben den Verband an dieser Stelle. «Wir haben ihn nach seiner Verwandlung nicht einmal erkannt. Es hat Monate gedauert, bis wir auch nur gehört haben, dass er überhaupt etwas sagt. Es war nur ein Flüstern. So leise wie der Wind in den Sommerweiden. Wir haben Wochen damit zugebracht, die Sprache zu durchschauen und konnten es nur, weil Jakub alles unternommen hat, um sie uns beizubringen. Wenn er nicht will, kannst du ihn gar nicht verstehen.»

«Das erklärt einiges», sage ich matt. Die Lüge über die Lösung des Rätsels am Leuchtturm liegt mir noch immer wie Blei im Magen. Jakub hasst mich. Mehr als zuvor. Und daran wird sich so schnell nichts ändern. Ich kann verstehen, wenn er nicht will, dass ich seine Sprache lerne.

«Gib ihm Zeit, Evan», wispert Tinna. «Wenn wir Gwen gefunden haben, wird er umgänglicher sein.»

Ich nicke verhalten. Beim Gedanken an Gwen schwillt das Blei in meinem Magen zu einem undefinierbaren Ball aus blinder Wut an. Eine Masse, die schwerer wiegt als jedes Metall dieser Welt.

Lenny wird sie nicht quälen, nicht so, wie Olivier es vermutlich tun würde, wenn sie nicht seinen Wünschen entspricht. Aber die Brutalität, mit der er sie mir entrissen und aus dem Badehaus geschleppt hat, lässt mir noch immer das Blut in den

Adern gefrieren. So kannte ich ihn nicht. Ein paar Duelle mit dem Degen, ja. Aber er war es, der Gwen das Ohr blutig geschlagen hat. Sie hat Angst vor ihm, auch wenn sie es nie zugeben würde, und das zu Recht.

Der Gang wird so schmal, dass wir mit einem Abstand von fünf Schritten hintereinander hergehen müssen, damit alle noch atmen können. Mit meinem Stock passe ich nur noch seitwärts hindurch. Keine Richtung, in die man sich mit einem steifen Bein gut bewegen kann. Die Schiene presst sich bei jedem Schritt gegen die aufgeriebenen Stellen. Mein Knie selbst durchzuckt ein heißer Schmerz. Ich wäre in mich zusammengesunken, wenn es die Ausmaße des Tunnels zugelassen hätten. Stattdessen stütze ich mich mit der freien Hand an der Tunnelwand ab und atme tief ein und aus. Ein und aus. Bis der Schmerz vollständig veratmet ist. Ein und aus.

Das Polarlicht sammelt sich unter meiner Handfläche, pulsiert im Takt meines Herzens. Ich wünschte, Gwen könnte das sehen.

Ich finde dich.

Das Licht flüstert mir zu. Es erzählt Geschichten, die ich nicht verstehe und die mich trotzdem nicht loslassen. Geschichten über fremde Welten, ferne Dimensionen und Liebe.

Du musst sie finden, Evan!, säuseln sie wie der Wind in den Weinbergen. Kannst du sie finden? Mit einem zerschmetterten Bein?

Nein. Ich kann es nicht. Ihre Stimmen werden noch lauter.

Lass uns dir helfen, Evan. Wir nehmen dir die Schmerzen. Die Qualen. Wir heilen deine Haut, dein Knie, deine Seele!

Meine Hand wird von den Lichtern weggerissen. Ich schlage Tinnas Arm weg. Jakub springt mir sofort vor die Füße, knurrt mich finster an. Vermutlich würde er bellen, wenn es uns nicht verraten könnte.

«Was war das?», keuche ich, noch immer benommen vom Klang der Stimmen, die einen Schleier in meinem Kopf hinterlassen haben. «Die Lichter… sie können sprechen. Sie wollten...»

«Dich heilen?», fragt Tinna und zieht eine Augenbraue in die Höhe.

«Ja!»

«Nein.» Nur dieses eine Wort. Einfach nur nein.

«Was soll das heißen?»

«Du wirst dich von ihnen nicht heilen lassen.» Sie geht schon weiter, ich folge ihr. «Nur Schamanen der Beothuk können die Lichter für ihre Rituale nutzen, ohne größeren Schaden anzurichten.» Sie zwängt sich durch eine Ritze und wartet, bis auch Jakub und ich hindurch sind. «Fass sie nie wieder an! Versprich es mir!»

«Wieso? Was passiert, wenn ich es tue?»

Tinna verdreht die Augen, als müsste sie mir zum fünfhundertsten Mal die gleiche Lektion erteilen.

«Alles, was mit Magie zu tun hat, kostet etwas. Alles. Gwen kann die Schwerkraft manipulieren, aber sie ist verflucht, niemanden jemals küssen zu können, ohne seine Seele zu opfern. Jakub hat übermenschliche Reflexe, dafür hält sein Körper ihn dauerhaft wach. Kannst du dir seine Laune vorstellen, wenn er übermüdet ist?» Ein warnendes Knurren. «Genauso wie es Gwen etwas kostet, wenn sie Giroux' Heiltrank einnimmt, kostet es auch dich etwas, wenn die Lichter dich heilen.»

«Und was?»

«Was sie wollen. Sie sagen es dir erst im letzten Moment, wenn du nicht mehr widerstehen kannst.»

«Und das weißt du, weil?»

Jakub knurrt warnend.

«Weil ich es gesehen habe», weicht Tinna aus und wirft ihrem Bruder einen mitfühlenden Blick zu.

Damit wäre klar, dass ich keine Chance habe, aus einem von ihnen etwas Genaueres herauszubekommen. Verdammte Geschwisterkommunikation!

Der nächste Gang wird wieder etwas breiter. Wir können nebeneinander laufen, auch wenn es sich so anfühlt, als wären wir meilenweit voneinander entfernt. Keiner spricht ein Wort. Auch Jakub nicht, habe ich den Eindruck. Er trottet mit mürrischem Gesichtsausdruck neben Tinna her, meidet den Anblick der Polarlichter und starrt stattdessen den Boden an.

Als meine Uhr sagt, dass es abends ist, machen

wir es uns in einer Nische bequem und essen von unserem Proviant, obwohl niemand Hunger hat. Tinna schläft bald darauf neben Jakub ein, der mit finsterem Blick die Maserungen der Wände beobachtet. Auch ich verbringe die Nacht mit Grübeleien über die Polarlichter, ihr Flüstern immer im Ohr.

13 décembre 1723

«T'es un putain d'idiot!», schimpft Tinna. Sie unterdrückt es, mich anzuschreien, wodurch ihre Stimme schon ganz rau klingt. «So blöd kann man gar nicht sein! Wir sollten dich auf der Stelle zurückbringen. Wir sollten Gwen allein suchen! Und dann schicken wir dich zurück nach Frankreich! Zu deinem Vater! Er kann dich gleich mitnehmen, wenn er sowieso herkommt!»

Mir kommt es so vor, als flackerten die Lichter um uns herum wilder als zuvor. Tinnas Worte wiegen schwerer in meinem Herzen, als sie ahnt. Natürlich wusste ich, dass sie sich aufregt, wenn sie erfährt, dass ich mich gegen ihre Auflagen von den Polarlichtern habe heilen lassen. Genauso wie ich wusste, dass ich Jakubs Zorn auf diese Weise noch anfachen würde.

«Es war keine Dummheit», sage ich ruhig und meine es so. Ich habe mich nicht blind auf diesen Handel eingelassen, war zu jedem Zeitpunkt im Vollbesitz meiner geistigen Kräfte und wusste, welchen Tribut die Lichter fordern, bevor ich mich auf sie einließ.

«Was haben sie verlangt?», fordert sie. «Was wollten sie haben, diese hinterhältigen Biester?»

Ich zwinge das Schmunzeln dorthin zurück, wo es herkam.

«Das verrate ich dir, wenn du mir erzählst, was es Jakub gekostet hat.»

«Du lernst zu schnell», knirscht sie und klingt dabei wie ihre große Schwester. Jakub knurrt tödlich leise, was mir ein eiskaltes Kribbeln den Rücken hinunterjagt. Ich sehe wieder das Blut zwischen seinen Zähnen hervorquellen, als er sie in die Kehle des Matrosen geschlagen hat.

Ohne Tinnas Antwort abzuwarten, gehe ich voraus. Den Stock trage ich nur noch leicht unter den Arm geklemmt. Eine letzte Stütze, bis die Wunden, die die Polarlichter geheilt haben, schmerzfrei sind. Die schlimmsten Verletzungen sind bereits Geschichte. Nur noch ein Jucken und Zwicken hier und da. Sonst nichts als heile Knochen und Narben.

Wir folgen dem Tunnel. Niemand spricht ein Wort, soweit ich das hören kann. An einer Gabelung biegen wir, Jakubs Spürnase entsprechend, rechts ab. Von diesem Augenblick an wird es nur noch kälter.

Keine fünfhundert Schritte von unserem Lagerplatz entfernt ist es so eisig, dass dichte Atemwolken vor unseren Gesichtern aufsteigen. Tinna und ich schnüren unsere Jacken enger um uns, schlagen die Kragen hoch, und ich für meinen Fall lenke mich weiterhin damit ab, ab und an Markierungen in die Karte einzutragen und meine Schritte zu zählen. An jeder Abbiegung beginne ich neu, auch wenn diese Zählerei nicht der Orientierung dient, weil ich die Zahlen viel zu schnell vergesse.

«Du wirst es uns wirklich nicht sagen, oder?»

Ich schmunzle heimlich und schüttle den Kopf, darauf bedacht, mich nicht durcheinanderbringen zu lassen. Tinna seufzt. Aus dem Augenwinkel kann ich erkennen, wie sie Jakub fragend ansieht.

«Es ist sowieso besser, wenn er es erfährt», höre ich sie sagen. Dann schließt sie zu mir auf, hält mich am Ärmel zurück und deutet auf den Hund, der ihr seine ausgestreckte Pfote entgegenhält. Er sieht dabei zur Seite, als könnte er meinen Anblick nicht ertragen. Wir knien uns nieder, Jakub legt seine Pfote in Tinnas rechte Hand und ich nehme ihre linke in meine, als wüsste ich genau, was wir hier tun. «Es ist Jakubs Geschichte, auch wenn sie mit meiner verbunden ist. Er sollte sie dir selbst erzählen.» Ich reiße erstaunt die Augen auf, werde aber im selben Moment in eine Dunkelheit gerissen, die mich umgibt wie ein Kokon. Eng umschließt mich diese Zwischenwelt mit Klauen aus Nachtwind, lässt nicht zu, dass ich mich wehre oder gar entkomme. Es kostet mich enorme Überwindung, meinen Atem zu beruhigen. Doch dann, als er leise genug ist, höre ich diese tiefe, brennende Stimme. «Als ich versuchte, meine Schwestern zu befreien, und scheiterte, hat Monsieur Giroux sich Zeit gelassen, mich zu verwandeln. Viel Zeit.» Jakubs Stimme trägt weit, spannt sich wie Samt um die

Zwischenwelt und ihre Dunkelheit und kleidet sie aus. «Zuerst hat er mich geschlagen. Mich mit seinem Stock verprügelt. Eine Strafe, die ich seit Jahren ertragen habe. Als er merkte, dass seine Hiebe mir keine Schreie entlocken würden, zwang er meine Schwestern vor mir auf die Knie. Sie mussten zählen. Laut und deutlich. Zählen, wie viele Minuten vergingen. Achtundsiebzig Minuten lang hat er mich dann mit seiner Magie beschworen. Es war keine Strafe mehr für einen lächerlichen Fluchtversuch. Es war Folter, die mir bewusst machte, wie knapp meine Schwestern die Freiheit verpasst hatten. Aber es war auch Ausdruck seiner Macht, die ich bis zu jenem Tag gnadenlos unterschätzt hatte. Wenn sie gekonnt hätte, hätte Gwen meine Seele geerntet, nur um sie den Schmerzen zu entziehen, die Giroux mir zufügte.» «Warum konnte sie nicht?»

«In unseren Adern fließt das gleiche Blut», erklärt Jakub nur. «Giroux begann damit, mir Lebensenergie zu entziehen. Er hat mein Blut in Gift verwandelt, hat es durch meinen Körper gejagt, bis jedes Organ von einem Verfall betroffen war, der mich hätte umbringen müssen und es nur nicht getan hat, weil der Alte es so wollte. Als ich nur noch ein sterbender Haufen Asche war, hat er mich in das Biest verwandelt, das ich heute bin. Jedes Haar hat er einzeln wachsen lassen. Wie stumpfe Nadeln, die sich von innen durch die Haut quetschen. Er hat meine Knochen gestreckt, bis sie brachen, hat meine Haut mit einer Fettschicht über-zogen, die auf ewig brennt wie das Gift der Dra-chenschlangen, und mir Zähne ins Maul gesetzt, mit denen ich mir selbst die Zunge abbeiße.» Ich ver-nehme ein Schmatzen, als würde er sich mit der Zunge über die geschundenen Stellen in seinem Mund fahren. «Als er fertig war, war ich so gut wie tot. Ein winselndes Hündchen, das um Gnade flehte, um einen letzten Schlag, der dem Ganzen ein Ende machen würde. Stattdessen hat er auf mein Fell gespuckt und erklärt, dass es genau eine Mög-lichkeit für mich gibt, jemals wieder ein Mensch zu werden. Wenn Gwen als meine älteste Schwester, mein Ebenbild in Blut und Fertigkeiten, die Liebe ihres Lebens opfert und mir so die Liebe beweist, die ich ihr mit meinem Kampf bewiesen habe.» Er macht eine Pause, und der Samt um mich herum verliert mit jedem von Jakubs Atemzügen an Span-nung. «Meine Schwestern haben alles getan, was in ihrer Macht stand, um mich zu heilen. Aber es reichte nicht. Es gab kein Kraut und keine Salbe gegen diese Verletzungen. Wenn ein Schamane dich mit seiner Magie zerfetzt, ist die Heilung durch die Polarlichter die letzte Hoffnung. Ich stahl mich aus dem Gasthaus, weil ich wusste, dass Gwen mich niemals hätte gehen lassen. Sie kennt die Geschich-ten über die Lichter. Ich fand einen Eingang in einen Tunnel ganz ähnlich diesem hier, legte mich an der Wand nieder und sprach zu den Lichtern, sie mögen mich retten, damit ich meine Schwestern beschützen kann. Ich hatte nichts, was ich ihnen geben konnte. Von mir war nichts übrig. Nicht einmal mein Körper, den ich ihrer Königin in einer anderen Welt hätte versprechen können. Trotzdem stellten sie Forderungen, die höher waren als das, was ich erfüllen konnte. Weißt du, was passiert, wenn man die Versprechen, die man ihnen gibt, nicht einhält?»

Ich schüttle den Kopf.

«Sie machen ihre Heilkünste rückgängig und nehmen sich als Tribut eine Portion deiner restlichen Lebensenergie. Das haben sie dir wohl verschwiegen.»

In meinem Magen breitet sich ein schweres Gefühl aus, das sich anfühlt wie das Widerstreben gegen eine Belehrung.

«Was hast du ihnen versprochen?»

«Weil ich nichts hatte, was ich ihnen hätte geben können, musste ich ihnen versprechen, dass ich niemals in meinen alten Körper zurückkehren werde. Dieses Versprechen reichte für die Knochenbrüche und zur Linderung der Schmerzen. Nicht aber für das Gift und dessen Wirkung. Die Lichter wurden wütend, weil ich die Frechheit besaß, ihre Kräfte einzufordern, ohne eine angemessene Gegenleistung erbringen zu können. Sie zwangen mich, von Giroux' Bedingungen zu berichten und beschlossen daraufhin, mich im Gegenzug für ihre Heilung zu bestrafen. Mein zweites Versprechen lautet also, dass ich Gwen weiterhin in dem Glauben lassen muss, dass sie mich retten kann und vor allem, dass sie es will. Egal, was das für ihr eigenes Glück und ihr Herz bedeutet. Egal, welchen Schmerz ich meiner Schwester zufüge. Am Ende trägt sie die Last meiner Heilung.» Ein Grollen lässt den Samt erzittern. Die Dunkelheit beginnt zu beben.

«Es frisst dich auf», hauche ich in die Schwärze.

«Es war ein leichtes Versprechen. Gwen erwärmt sich in etwa so sehr für Männer wie du dich für deine tägliche Ration Fischsuppe. Bis du hier aufgetaucht bist, hat sie niemanden an sich herangelassen. Aber seit du dieses Land betreten hast, quält sie sich selbst, indem sie alles daran setzt, dich in dem Glauben zu lassen, dass sie dich nicht mag. Nur damit du verschwindest. Damit sie nicht Gefahr läuft, dass du eventuell derjenige sein könntest, den sie, um mich zu retten, opfern wird. Und das würde sie, falls du so egoistisch bist zu glauben, dass sie für dich ihre Familie aufgeben würde.»

«Ich weiß, dass sie für ihre Familie alles tun würde.»

«Gut.»

Ich atme flach in die Dunkelheit hinein, die ein wenig wärmer geworden ist.

«Ich habe dir meine Geschichte anvertraut. Die Last, die ich zu tragen habe. Dich darauf hinzuweisen, dass Gwen kein einziges Wort von dem allen erfahren wird, ist überflüssig. Jetzt bist du dran. Was hast du den Lichtern versprochen?»

«Einen Platz in meiner Seele.» Der Stoff um mich herum spannt sich. «Sie besitzen ein Teilstück davon, das sie mit ihrem Licht und ihrer Heilung besetzen dürfen. Sie nutzen es als Fenster in unsere Welt. Sie werden durch mich in der Lage sein, viele weitere Intrigen zu spinnen, wie die zwischen dir und Gwen. Aber mit all meinen Verletzungen war es unmöglich, Gwen rechtzeitig zu finden und sie zu befreien.»

«Wenn du dein Versprechen, sie in unsere Welt sehen zu lassen, nicht halten kannst, werden sie deine ganze Seele an sich reißen. Du bist ihr Sklave, nicht ihr Spion.»

«Ich weiß. Ich weiß auch, dass sie mich manipulieren werden, damit ich Dinge für sie tue. Aber ich war schon immer gut im Verhandeln.»

«Was hast du getan?»

«Sie haben mir auch ein Versprechen gegeben.» Die Zwischenwelt füllt sich mit etwas Blauem. Ich kann es sehen, obwohl immer noch alles schwarz ist. «Wenn ich einen Weg finde, sie zurück in den Himmel zu schicken, verlassen sie meine Seele und jeder, der ihnen ein Versprechen gab, wird von seinen Schulden freigesprochen.»

«Du bist kein Schamane. Nicht mal ein Beothuk. Du kannst sie nicht befreien.»

«Ich bin auch kein Seemann und habe es doch bis ans andere Ende der Welt geschafft.»

Stille. Der Samt wogt in einem nicht existierenden Wind auf und ab, als bewege er sich mit Jakubs Atemzügen.

«Ich wusste, dass Gwen sich nicht in dir getäuscht hat. Sie erkennt eine reine Seele, wenn sie einer begegnet. Und das, was du für sie tust, was du riskierst, spricht ohnegleichen für dich. Trotzdem will ich dich warnen. Gwen ist ein kostbares Geschöpf, ein unvergleichlicher Bestandteil einer eigenen Welt, und ihre Magie ist zerbrechlich, wie jede Form von Magie es ist. Sie ist meine Schwester. Was wirst du mit ihr tun, wenn du sie gerettet hast?»

«Selbst wenn ich sie rette, selbst wenn Giroux sie mir zur Frau gibt, ist sie nicht mein Besitz. Du weißt genau, dass ich so denke.» Ich schnaube, auch wenn das Geräusch die Zwischenwelt nicht erreicht. «Wenn ich sie gerettet habe, kann sie gehen, wohin sie will und mit wem sie will, und wenn sie mich nicht dabei haben möchte, werde ich damit leben. Du traust mir genauso wenig, wie ich dir traue, aber jetzt kennen wir unsere gegenseitigen Geheimnisse. Ich denke, wir sollten aufhören, uns gegenseitig aufzulauern und nur auf den nächsten Fehltritt des anderen zu warten.»

«Das denke ich auch.»

Damit bin ich wieder zurück im Polarlichttunnel. Tinna verschränkt fest die Arme vor der Brust und starrt uns nacheinander mit bösem Blick an.

«Ihr wisst schon, dass ich eine halbe Ewigkeit hier in der Kälte saß und Händchen gehalten habe?», faucht sie. «Schön, wenn man in diese Traumwelt fliehen kann, in der es immer wunderbar warm ist!» Sie stapft davon. Keine weiteren Fragen nach meinem Versprechen.

Wir setzen unseren Weg schweigend fort. Den Stock behalte ich, brauche ihn jedoch nicht mehr zum Gehen. Jeder Schritt, der eigentlich anstrengend sein sollte, macht, dass ich mich besser fühle. So schlecht mein Deal mit den Polarlichtern auch sein mag, er lehrt mich eins: Sie halten ihre Versprechen.

14 décembre 1723

Laut meiner Taschenuhr ist es fünf Uhr in der Früh.
Es ist eiskalt. Wir haben Hunger. Unsere Vorräte
haben wir gestern Abend aufgebraucht. Es sei dazu-
gesagt, dass Tinna die Einzige war, die etwas ge-
gessen hat. Sie nimmt es mir noch immer übel, dass
ich mich habe heilen lassen, doch ihre Fassade brö-
ckelt. In ihren Augen strahlt die Erleichterung darüber, dass sie nicht mehr befürchten muss, sie könnte
meine Leiche zurück zum Gasthaus schleppen
müssen.

«Was machen wir, wenn wir sie heute nicht
finden?» Tinna schaut mich abwartend an, die Stirn
zweifelnd in Falten gelegt, als wüsste sie nicht, ob es
ihr besser gefiele, ich würde sie bis zur Erschöpfung
antreiben oder die ganze Aktion abbrechen.

Da ich offenbar zum Anführer unserer Unternehmung ernannt wurde, weil Jakub seit unserem Gespräch kein einziges Knurren mehr hat hören lassen
und auch sonst keine Anstalten macht, meine Hand-
lungen in Frage zu stellen, horche ich tief in mich
hinein. Gwen ist hier in diesem Tunnel. Sie ist verletzt. Ich habe keine Ahnung, wie gut sich Lenny
um sie kümmert. Vielleicht geht es auch ihm
schlecht. Trotzdem haben wir keinen Proviant

mehr. Wir sind trotz Wunderheilung erschöpft und müssen den gesamten Weg auch wieder zurückgehen und mit Angriffen durch Olivier und seine Männer rechnen.

«Wenn wir sie bis zwei Uhr nicht gefunden haben, gehen wir zurück», lege ich fest. Die Worte fühlen sich auf meiner Zunge wie Asche an. Als hätte ich soeben Gwens Todesurteil unterzeichnet.

Keiner meiner Begleiter spricht ein Wort. Wir raffen unsere Sachen zusammen und marschieren los. Wieder tiefer in den Tunnel hinein. Ungeachtet der Tatsache, dass es immer kälter wird. Wir gehen und gehen und gehen. Es wird acht Uhr. Dann zehn. Schließlich zwölf. Wir rasten an einem weiteren unterirdischen See, gönnen unseren Füßen die kurze Pause und können doch nicht stillsitzen.

Gang um Gang lassen wir hinter uns. Die Polarlichter flimmern und flackern und verspotten uns für unseren Leichtsinn. Es ist ein Uhr, als wir nochmals an Tempo zulegen. Jakub verliert Gwens Spur immer wieder, muss sich neu orientieren. Es kostet uns Zeit, die wir nicht haben. Tinnas Wangen und Lippen haben sich inzwischen blau gefärbt. Mir geht es gut. Ich leihe ihr meinen Mantel und mir wird klar, wie viel ich den beiden abverlange. Egal, ob meine Intuition, hier nach Gwen zu suchen, richtig war, ich verlange zu viel. Trotzdem beschweren sie sich nicht. Es gibt nur eine Möglichkeit, ihnen das zurückzugeben, was sie mir bereit waren zu geben. Ich muss Gwen finden!

Und dann ist es zwei Uhr.

Tinnas Hand ist so kalt, dass ich es sogar durch die Stoffschichten meiner Kleidung spüre, als sie mir eine Hand auf die Schulter legt.

«Evan?»

Ich schüttle nur den Kopf. Ja, ich war schon immer ein schlechter Verlierer. Wenn ich früher einen Fechtkampf verlor, gratulierte ich dem Gegner und wünschte ihm in Gedanken die Krätze an den Hals. Aber Fechtkämpfe sind fair. Dieser hier ist es nicht.

Jakub schnüffelt noch immer auf dem Boden herum, als hätten wir nicht verloren.

«Lasst uns nach Hause gehen», sagt Tinna matt.

Nach Hause. Ich weiß nicht einmal, wo das sein soll.

Jakub winselt, die Nase gegen die Tunnelwand gedrückt. Seine Krallen scharren über den Boden. Auch ich bewege mich nicht vom Fleck.

«Sie ist hier unten», murmle ich vor mich hin, als würde es irgendwas an der Tatsache ändern, dass wir trotzdem nicht in der Lage sind, sie zu finden.

«Das Höhlensystem ist unendlich groß. Wir bräuchten Wochen, selbst wenn wir uns aufteilen.» Sie spricht diese Worte, als wäre es ihre Überzeugung, dabei ist es nur ihre Vernunft.

Ich wüsste gern, was Jakub dazu sagt. Doch auch wenn ich in seinem Geist war, kann ich ihn ohne Tinnas Übersetzung noch immer nicht verstehen.

«Lasst uns zurückgehen und einen neuen Plan machen. Wir müssen etwas essen und zu Kräften kommen. Monsieur Giroux wird uns sicher schon suchen.»

Ich weiß, dass jedes ihrer Worte wahr ist. Aber ich will sie nicht hören.

«Wir müssen sie finden!»

«Und das werden wir. Nur nicht heute.» Sie wendet sich von mir ab, postiert sich neben Jakub, der den Kopf hängen lässt. Ich atme schwer aus, versuche den Schmerz in meiner Brust dadurch loszuwerden, doch habe keinen Erfolg. Mühsam erhebe ich mich, die Glieder schwerer als jemals zuvor, und trotte hinter den beiden her. Mein Knie beginnt zu pulsieren. Ich hinke wieder, aber ich darf nicht stehen bleiben.

Neben mir flackern die Polarlichter an den Wänden, schillern in ihren abertausend Facetten. Immer wilder wird ihr Pulsieren, je weiter wir unseren Weg zurückgehen. Und dann hört es auf.

Ich verharre an Ort und Stelle, betrachte die Wand sanft schimmernden Lichts. Ich mache einen Schritt zurück, und als würde ich eine unsichtbare Barriere durchqueren, zucken die Lichter wieder an den Wänden. Nochmals trete ich vor und dann wieder zurück.

«Was machst du?», höre ich Tinnas Stimme.

«Hier ist irgendwas.» Viel genauer kann ich es nicht beschreiben.

Jakub kommt heran und untersucht auf seine Weise die seltsame Grenze. Tinna tritt neben ihren Bruder und begutachtet die Wand, die genauso aussieht wie jede andere Wand hier unten. «Ein Verschleierungszauber. Er meint, hier müsste ein Durchgang sein.»

Wir sehen uns für den Bruchteil einer Sekunde an, ehe Tinna und ich unsere Finger an die Polarlichter legen, wie Jakub es mit seinen Pfoten tut.

«Jakub kann einen Blick hinter den Schleier werfen, aber als Hund hat er nicht genügend Energie. Er braucht uns, um den Zauber anzuheben. Schließe die Augen und konzentriere dich auf seine Stimme.» Wieder nimmt sie meine Hand unter ihre und Jakubs Pfote unter ihre andere.

Ich schließe meine Augen, ignoriere die Zwischenwelt und lausche Jakubs klangvollen Worten in einer Sprache, die ich nie zuvor vernommen habe. Die Laute klingen schwer und rau. Wie die Ruhe vor dem Sturm.

Kaum dass er einen Satz gesprochen hat, lichtet sich das Schwarz vor meinen Augen. Hinter der Lichterwand erscheint ein Hohlraum, groß genug, dass das gesamte Gasthaus hineingepasst hätte. An einem Feuer hockt Lenny, rührt gelangweilt in einem Topf herum. In einem Käfig aus Polarlichtstreben erkenne ich eine zusammengesunkene Gestalt, die Arme fest um die Knie geschlungen, das

Gesicht dahinter vergraben. Schwarzer Nebel steigt um Gwens Körper auf und verschlägt mir den Atem, obwohl mein Herz so schnell hämmert, als würde ich sprinten. Mir wird schwindelig.

Ich reiße meinen Blick von Gwen los und überprüfe den Rest des Verstecks. Es gibt keine erkennbaren Waffen. Lenny trägt seinen Degen, das ist alles. Ich bezweifle stark, dass er sich die Mühe gemacht hat, Fallen für mögliche Angreifer zu bauen. Dieses Versteck ist durch den Schutzzauber am Leuchtturm und den Verschleierungszauber hier so gut verborgen, dass er glauben muss, niemand könne in sein Reich eindringen.

Jakub beendet seine Magie und wir kehren auf unsere Seite des Tunnels zurück.

«Er rechnet nicht mit uns», wispert Tinna. Ich weiß, dass es Jakubs Worte sind, die sie mich verstehen lässt.

«Wie können wir auf die andere Seite gelangen?», wende ich mich direkt an den Hund. Mein Herz pocht wild, und ungezähmte Energie pulsiert durch meine Venen. Ich bin so aufgeregt, dass ich auf die Zehen und zurück wippe. Keine Sekunde will ich mehr hier herumsitzen. Wir haben Gwen gefunden! Trotz der Umstände, trotz aller Hindernisse. Wir haben sie gefunden.

«Hier.» Tinna hindert mich am Weitergehen, indem sie mich leicht am Arm berührt. «Der Zauber hat hier einen Riss.»

Seit einer Stunde wandern wir schon um Lennys Versteck herum. Jakub hat jede Wand überprüft, um einen Weg hineinzufinden. Verschleierungszauber seien immer Fallen, meint er. Wenn man sie an der falschen Stelle durchbräche, könne das gesamte Versteck kollabieren. In diesem Fall würde also die Höhle einstürzen und sowohl Lenny als auch Gwen lebendig begraben. Mir wird eiskalt bei dem Gedanken.

«Wir sollten prüfen, was auf der anderen Seite ist. Wir können schlecht einfach hineinspazieren», gebe ich zu bedenken. Lenny mag ein Meister der Streiche sein und er liebt es, andere zu überrumpeln, aber wehe, es widerfährt ihm selbst. An Bord der Albatros hat er einen Kameraden beinahe über Bord geworfen, weil der ihn mit einem Eimer kalten Wassers aus der Koje geholt hat.

«Irgendwas ist hier faul», murmelt Tinna und schüttelt den Kopf. «Wie kann Lenny all diese Zauber erschaffen?» Sie wendet sich Jakub zu. «Selbst wenn Gwen die Verschleierung für ihn aufrechterhält, den Schutzzauber am Leuchtturm kann sie nicht beschwören, das hast du selbst gesagt. Und es ist immer noch alles viel zu einfach.»

«Wir haben ewig gebraucht, um hierherzugelangen», erinnere ich sie.

«Schon. Aber jedes Hindernis, das eins hätte sein sollen, haben wir innerhalb kürzester Zeit überwunden. Olivier. Das Rätsel. Den Eingang zur Höhle. Und jetzt dieser Verschleierungszauber, der ganz zufällig eine schwache Stelle hat. Ich wette mit euch, dass auf der anderen Seite eine kleine Nische liegt, in die wir perfekt eintreten können, ohne bemerkt zu werden. Wie für uns geschaffen.»

«Selbst wenn es so ist, was sollen wir deiner Meinung nach tun? Es ist unsere einzige Chance, sie zurückzuholen.»

«Ich sage ja nur, dass wir vorsichtig sein sollten.» Sie hebt die Schultern.

Ich knirsche mit den Zähnen, obwohl ich natürlich weiß, dass sie recht hat. Ich weiß es tief in meinem Herzen und gleichzeitig spüre ich die Ohnmacht, weil wir uns in einer Situation befinden, in der wir nichts gegen diese Vorahnung tun können. Dies hier ist unsere einzige Möglichkeit und uns ist allen klar, dass wir sie nutzen. Koste es, was es wolle.

«Lasst uns keine Zeit mehr verlieren.» Meine Stimme klingt weit entfernt. Ich packe den Stock mit beiden Händen, das Schnitzmesser reiche ich an Tinna weiter. Jakub ist mit seinem Gebiss ohnehin gut ausgestattet. Er öffnet mit unserer Hilfe den Verschleierungszauber. Kaum, dass wir hindurchgeschlüpft sind, finden wir uns in einer kleinen Abzweigung in Lennys Versteck wieder. Es bedarf nur eines kurzen Blicks um die rechte Seitenwand, um zu erkennen, dass wir eine perfekte Aussicht auf Lenny und auch auf Gwen haben. Gwen ist dabei näher an uns dran als Lenny.

«Nom de Dieu!», fluche ich. Das hier ist eine Falle und wir warten nur darauf, dass sich die

Schlinge zuzieht.

Nachdem wir die letzte Stunde damit zugebracht haben, uns erstens über uns selbst zu ärgern, zweitens wütend auf die magische Welt und Lenny zu sein und drittens irgendeinen Plan auf die Beine zu stellen, raufe ich mir die Haare.

«So kommen wir nicht weiter. Einer von uns sollte zu ihr schleichen und sehen, wie es ihr geht.» Das ist der einzige vernünftige Schritt, der mir einfällt. Danach können wir entscheiden, wie wir weiter vorgehen wollen.

Wir sehen einander an. Mein Herz pocht wild. Seit wir den Zauber durchschritten haben, kann ich nicht mehr stillstehen. Ich will zu ihr. Ich will ihre Hand in meine schließen, will ihre Stimme hören, wie leise sie auch sein mag, und ich will ihr über ihr schwarzes Haar streichen und sagen, dass alles gut wird.

«Jakub sollte gehen», höre ich mich dann sagen. Eine vernünftige Entscheidung. Der Boden des Verstecks ist mit einer weichen Schicht von Pflanzen überzogen. Jakubs Krallen werden nicht zu hören sein. Und als halber Beothuk ist er wohl fähig, sich standesgemäß anzuschleichen.

Statt sofort loszugehen, starrt er mich jedoch nur an. Ich spüre den dunklen Samt, sehe vor meinem inneren Auge, wie er leicht erzittert, als Jakub spricht. Noch immer kann ich ihn nicht hören, aber ich weiß, welche Frage er stellt.

«Ich schulde dir etwas», wispere ich. «Für die Sache mit der Tür am Leuchtturm.» Das genügt ihm offenbar als Antwort. Er wirf mir noch einen letzten Blick zu, bevor er, den Kopf gesenkt, die Schnauze nach vorn gestreckt, um die Ecke schleicht. Wie ich vermutet habe, ist er so lautlos wie ein Wolf auf Beutezug. Tinna und ich beugen uns so weit es geht um die Ecke. Wir beobachten jeden von Jakubs Schritten, halten den Atem an, als er dem strahlenden Käfig näherkommt. Lenny ist noch immer mit den Vorräten beschäftigt. Mit dem Rücken zu uns sitzend hat er bis jetzt nichts bemerkt. Ich kann nur hoffen, dass das so bleibt.

Jakub erreicht den Käfig. Vorsichtig steckt er eine Pfote durch die Gitterstäbe und berührt Gwen damit am Bein. Sie schreckt hoch und gibt dabei ein viel zu lautes Keuchen von sich. Lenny fährt sofort herum.

«Was machst du so einen Lärm?», kläfft er, seine Stimme eine Mischung aus fließendem Honig und einem Reibeisen.

Jakub duckt sich, und Gwen schiebt ihren zierlichen Körper so vor ihn, dass Lenny ihn hoffentlich nicht sehen kann.

«Ich habe nur schlecht geträumt», gibt Gwen in abfälligem Ton zurück.

«Das kommt davon, dass du den ganzen Tag schläfst», mault Lenny und widmet sich wieder den Vorräten.

Ich stoße die Luft aus, die sich in meiner Brust angestaut hat. Jakub richtet sich wieder auf, steckt seine Schnauze durch die Gitterstäbe und lässt sich hinter dem Ohr kraulen. In meiner Magengrube beginnt es zu brodeln angesichts der Zärtlichkeit, mit der Gwens Finger durch das Hundefell streichen.

Sie unterhalten sich auf ihre Weise. Stumm. Nicht einmal Gwens Lippen bewegen sich. Mein Blick gleitet von Gwen über die Gitterstäbe, die sie gefangen halten. Lenny muss ihnen einen hohen Preis gezahlt haben, dass die Polarlichter dieses Gefängnis für ihn aufrechterhalten. Die Zelle grenzt an eine der Höhlenwände, aber die Polarlichter pulsieren nur schwach an dieser Stelle. Sie leuchten nicht so hell, wie sie es draußen in den Tunneln für uns getan haben. Dafür werden sie von wilden Mustern geschmückt. Kleine und große Wirbel mischen sich in einem dunklen Grau zu zahlreichen Bildnissen. Ich kneife die Augen zusammen, um erkennen zu können, was sie darstellen. Eines ist ein Hund. Das Maul weit aufgerissen. Den Körper wärmend um ein Mädchen geschlungen. Jakub und

Gwen. Daneben nimmt ein kleineres Mädchen Gestalt an. Sie hält etwas in den Händen, das aussieht wie eine Karte. Ich muss ein bisschen schmunzeln. Gwen hat ihre Schwester hervorragend getroffen. Weitere Wirbel fügen sich scheinbar magisch an die Zeichnungen an, verformen ihre Gestalt, bis sie sich zu einem neuen Bild zusammenfügen. Ein Schiff. Ein Haus. Der Masineh. Der Seelenkristall. Die Aussicht über St. Harbour vom Dach des Gasthauses aus. Der Anblick versetzt meinem Herzen einen herben Stich.

Tinna tippt mir gegen die Schulter und lenkt meinen Blick hinüber zu Lenny, der inzwischen damit beschäftigt ist, seinen Degen in unwirschen Bewegungen durch die Luft fegen zu lassen. Als würde er sich für einen Kampf aufwärmen.

Sein spärliches Lager offenbart, dass er nicht geplant hat, länger als nötig hierzubleiben. Eine Decke liegt herum und ein kleiner Beutel, der durch die Leere in seinem Inneren zusammengefallen ist. Ein weiterer Sack, in dem er vermutlich Kleidung aufbewahrt. Der Leuchtturm und vor allem dieser Ort hier sind meilenweit von der Zivilisation entfernt, wenn er nicht nach St. Harbour zurückgehen will. Wie will er gegen die eisige Kälte des Winters bestehen?

Jakub kehrt zu uns zurück und Tinna ist so freundlich, uns sofort ihre Hände hinzuhalten.

«Sie ist entkräftet, aber es geht ihr gut», beginnt Jakub. «Der Mistkerl hat sie übel zugerichtet, als sie sich ihm widersetzt hat. Sie musste den Heiltrank einnehmen.» Er macht eine lange Pause. Der samtene Stoff vibriert unter seinen Atemzügen.

«Was hat es sie gekostet?»

«Ich weiß es nicht, aber sie ist ruhig. Sie ist ganz und gar entspannt, als hätten Furcht und Wut sie verlassen.»

«Du meinst, sie fühlt sich wohl?» Außerhalb seines Geistes würde meine Stimme schrill klingen.

«Das macht keinen Sinn, oder?»

«Nein», stimme ich zu. «Gwen wird von ihrer Wut getrieben, nicht wahr? Von ihrem Hass auf ihr Schicksal, der ihr die Kraft gibt, es zu überleben, solange sie ihre Familie in Sicherheit weiß. Sie müsste eigentlich verrückt werden vor Sorge um euch. Von hier aus kann sie euch nicht beschützen.»

«Und dich auch nicht.»

Ich nicke stumm und bin mir sicher, Jakub kann es fühlen.

«Der Trank muss sie betäubt haben», mutmaße ich. Jakub lacht. «Was ist daran komisch?»

«Hast du in all der Zeit hier noch immer nicht verstanden, welche Tücken diese Welt bereithält?» Wieder dieser knurrende, gurgelnde Laut. «Sie wurde verflucht, Weltenbummler.»

Dass er angesichts dieser Tatsache noch lachen kann, macht mich stutzig.

Sprich mit ihr!, summen die Nordlichter in meinem Geist.

«Überlass mir den Bastard und wir sind hier schneller raus, als du ihren Namen sagen kannst», meint Jakub angriffslustig.

Wieder sehe ich die zerfetzte Kehle des Matrosen vor mir und Tinnas wenig entsetztes Gesicht.

«Wir wissen nicht, wie sich der Käfig öffnen lässt. Es wird wohl kaum ein normales Schloss geben. Vermutlich ist Lenny selbst der Schlüssel, und dann können wir ihn nicht einfach umbringen», lässt sich Tinna vernehmen.

«Richtig.»

Jakub knurrt nur.

«Hat sie nach ihm gefragt?», will Tinna wissen und stellt damit die Frage, die ich nicht wagte auszusprechen.

Jakubs Atemzüge werden tiefer. Der samtene Stoff spannt sich so straff, dass ich meine, ihn um meine ganze Gestalt zu spüren.

«Nein.» Damit schmeißt er uns aus seinem Kopf zurück in die Höhle.

Ich habe keinen Zweifel an seiner Ehrlichkeit. Das letzte Mal, als ich Gwen gesehen habe, hat sie mich gebeten, diesen Ort zu verlassen. Vielleicht glaubt sie, dass ich das wirklich getan habe, obwohl ich denken würde, sie kennt mich gut genug, um es besser zu wissen. Aber hätte sie dann nicht trotzdem wissen wollen, was mit mir geschehen ist? Und wäre sie nicht erleichtert gewesen, ihren Bruder zu sehen, das einzige verbliebene Wesen auf diesem

Fleckchen Erde, das in der Lage ist, sie vor Lenny zu retten?

Ich setze mich in Bewegung und bin außer Reichweite, bevor Tinna oder Jakub mich abhalten können. So leise ich kann, nähere ich mich dem Käfig, dessen Glühen einen Teil von mir unnatürlich reizt. Je näher ich komme, umso wilder wird das Verlangen, diese Stäbe zu umfassen. Die Lichter flackern und pulsieren vor meinen Augen, erwachen zum Leben, als spürten sie, dass ich einen Teil von ihnen in mir trage.

Gwen bemerkt mich, als ich mich an die Seite des Käfigs hocke. Ihre strahlendblauen Augen tasten mich ab, vom Scheitel bis zur Sohle, und ich kann jeden ihrer Blicke spüren, als würde sie mit warmen Fingern über meine Haut fahren.

«Evan?», wispert sie tonlos. Ihre Lippen sind blasser als ihre Haut.

Die Lichter an der Wand beginnen im Takt meines Herzschlags zu flackern und verschmelzen die Linien ihres Kunstwerks zu einem großen Bild. Am unteren Rand formen sie sich zu Händen, größeren und kleineren, die sich gegenseitig halten. Mein Blick wandert nach oben, über eng aneinander geschmiegte Körper und zu zwei Köpfen, die die Stirn gegeneinanderlehnen. Das sind wir. Damals unter dem Masineh. Ein Abbild dessen, was hätte sein können.

Ich atme zitternd aus. Mein Blick gleitet zu Lenny, der noch immer seine Übungen vollführt.

«Du musst gehen», zischt Gwen hastig. Ich wende mich ihr wieder zu und mir fällt auf, dass sie anders aussieht, als Jakub sie beschrieben hat. In ihren Augen stehen Angst und Sorge. Ihre Hände vibrieren.

«Ich gehe nirgendwohin. Nicht, solange du hier gefangen bist.» So gut es eben geht, inspiziere ich den Käfig. Stäbe aus reinem Polarlicht. Kein Schloss. Kein Ausgang. Der Käfig muss gebrochen werden und vermutlich ist nur die Erfüllung von Lennys Versprechen dazu in der Lage.

Tränen steigen in Gwens Augen und gleichzeitig verzerrt sie das Gesicht vor Schmerz.

«Bitte, Evan. Du musst gehen.»

«Tinna und Jakub sind hier», versuche ich, sie zu beruhigen, und sehe ihr dabei direkt in die Augen. «Wir sind alle hier und holen dich raus. Versprochen. Und Lenny hat gegen uns keine Chance.»

Gwen schüttelt den Kopf, krümmt sich aber gleichzeitig unter der Bewegung.

«Lenny...» Ihre Stimme ist nur ein Hauch. «Er ist... nicht das Problem.»

«Wir wissen von dem Fluch», unterbreche ich sie. «Wir finden eine Lösung dafür.» Auch wenn wir noch gar nicht wissen, was das für ein Fluch ist. Ein Schritt nach dem anderen.

«Es gibt keine ...»

Ich greife durch die Gitterstäbe und packe ihre Hand. Sie ist warm und weich, nicht mehr blutig von den Arbeiten im Gasthaus. Es kommt mir wie eine Ewigkeit vor, seitdem ich sie das letzte Mal gehalten habe. Mit meinem Daumen zeichne ich kleine Kreise auf ihr Handgelenk. Bis der Raum sich zu verschieben beginnt.

«Gwen?», flüstere ich panisch.

«Das hättest du nicht tun dürfen», erklingt ihre Stimme von überall.

Die Gitterstäbe des Käfigs zerbersten. Licht bricht aus ihnen hervor und blendet mich. Rückwärts krieche ich von der Stelle weg, spüre ein Pochen in meinem Knie, das dort nicht hingehört, und dann sehe ich sie.

Gwen erhebt sich vom Boden, befreit von der Enge des Gefängnisses. Als würde sie aus einem ewigen Schlaf erwachen, richtet sie sich langsam auf. Ich bin unfähig, mich zu bewegen, unfähig, den Mund zu schließen, aus dem mein Atem stockend hervordringt im Angesicht ihrer Augen. Sie sind nicht mehr blau. Sie sind schwarz. Ihre ganzen Augäpfel sind schwarz. Wie zwei Löcher, die alles, was sie war, verschlungen haben.

Ich habe sie nicht befreit. Ich habe sie zu einer Gefangenen gemacht. Ich habe den Fluch aktiviert, von dem Jakub gesprochen hat.

Gwen kommt auf mich zu. In einer Hand hält sie den letzten Gitterstab ihrer Zelle. Sie trägt ihn wie eine Waffe. Ich rapple mich hoch, die Hände vor mir erhoben. Ob in Abwehr oder Ergebung kann ich nicht sagen.

«Was hast du vor?», frage ich bemüht ruhig. Wen frage ich eigentlich? Gwen wohl kaum.

Ich bekomme eine Antwort, die ich nicht hören will. Gwen hechtet in einem eleganten Sprung nach vorn, erhebt den Stab in der Bewegung und schlägt ihn dann auf mich nieder. Sie erwischt mich am Arm, weil ich so dumm bin zu glauben, dass sie im letzten Moment erkennt, was sie tut.

Ich renne mehr vor ihr weg, als dass ich mich ihr stelle. Aber ganz ehrlich, ich habe es schon immer gehasst zu kämpfen. Gegen Gwen will ich es erst recht nicht. Lenny ist inzwischen auf uns aufmerksam geworden. Mit dem Degen in der Hand stürmt er auf mich zu. Jakub stürzt aus dem Versteck hervor, wirft sich auf Lenny und drückt ihn mit seinem Gewicht nieder. Tinna kommt ihm mit meinem Stock zu Hilfe.

«Ich gehöre ihm! Wann siehst du das endlich ein?», schreit Gwen mir hinterher, als ich einen Haken schlage. Sie ist verdammt schnell und nutzt ihre Gabe, um den Stab nach mir zu werfen. Die Spitze trifft mich am Rücken. Ich brauche dringend eine Waffe. Meine Kondition ist ein Witz. Ich habe Hunger und Durst, und die letzten Tage haben mich mehr als ermüdet. Hilflos renne ich hinüber zu Lennys Lagerplatz und schnappe mir im Laufen einen ledernen Strick. Mir wird schlecht bei dem Gedanken, ihn gegen Gwen einzusetzen.

«Bleib stehen, du Feigling!», wettert sie.

Ich tue, was sie sagt. Mit meiner improvisierten Peitsche führe ich einen Schlag aus, der sie zurückweichen lässt.

«Gwen, ich weiß, dass du mich hören kannst.» Oder ich hoffe es.

Sie lässt den Stab durch die Luft fahren. Ich weiche aus und lasse einen erneuten Peitschenhieb folgen, der sie nicht verletzt.

«Du musst zu dir kommen, damit wir hier verschwinden können.»

Sie lacht. Ich habe mir immer gewünscht, Gwen lachen zu hören. So richtig aus vollem Halse, weil das Glück ihr Herz zerreißen würde, wenn sie es nicht herauslässt. Dieses Lachen ist anders. Es ist all der Hass und Hohn, den sie ihr ganzes Leben angesammelt hat, in geballter Form in einem Gelächter entfesselt, das die Hölle gefrieren lässt.

«Er hat gesagt, dass du kommen würdest», säuselt sie dann. «Er hat gesagt, dass du versuchen wirst, mich fortzulocken. Ich falle nicht auf dich herein, Seemann.» Ihr Stab saust wieder durch die Gegend. Ich packe ihn, als er auf mich zurast, nutze seine Energie, um ihn in eine andere Richtung zu drehen und ihn Gwen zu entreißen. Doch sie lässt nicht los und fliegt stattdessen so hart gegen mich, dass sie mich zu Boden reißt. Sie versucht, meine Arme am Boden zu halten. Ich wehre ihre Schläge und Tritte ab und rolle mich unter ihr weg.

Seemann. Sie hat mich Seemann genannt.

Ich umklammere sie mit beiden Armen und schiebe sie gegen die Polarlichtwand. Mit meinem ganzen Körper ihren fixiert, wage ich es, in diese schwarzen Augen zu sehen. So tief hinein, wie niemand sehen sollte. Bis auf den Grund versuche ich vorzudringen, um sie zu finden.

«Ich bin kein Seemann.» Ich lege all meine Kraft, alle Wahrheit, jedes Gefühl für sie und den Ort, den sie mir auf ihre Art geschenkt hat, in diese Worte. Erinnere dich! Erkenne, wer ich bin! Komm zu mir zurück!

In ihre Augen tritt ein Leuchten. Weiß und kalt. Ich warte eine Sekunde zu lang. Ihre Stirn kracht gegen meine Nase. Das Blut schießt daraus hervor. Ich taumle zurück, gebe sie notgedrungen frei und bin unfähig, mich zu wehren, als sie den Stab auf mich schlägt. Ich schreie auf, als irgendetwas in meinem Rücken knackt.

«Ich gehöre ihm!» Sie holt erneut aus. «Ich werde jeden auslöschen, der es wagt, uns trennen zu wollen.»

Ich entwische ihrem Schlag, was sie nur noch wütender macht.

Mein Blick fällt auf Lenny, der Tinna und Jakub mit seinem Degen übel zusetzt. Tinna kämpft trotz der Wund an ihrem Hals außerordentlich. Jakub zeigt keine Anzeichen von Müdigkeit, aber er kämpft kopflos. Er verlässt sich auf seine Reserven und ich bin mir nicht sicher, ob das die beste Strategie ist. Als Gwen ihren Stab zu Boden schmettert und mich mit schiefem Grinsen anstarrt, wird mir klar, dass wir nicht gewinnen können. Wir sind ausgehungert und schwach. Ich habe die beiden und mich selbst bis an unsere Grenzen getrieben. Gwen ist durch den magischen Fluch zu einem übernatürlichen Kampfwesen mutiert, und Lenny konnte schon immer gut mit Waffen umgehen. Wir haben nicht mal richtige Waffen.

Die Höhle beginnt zu vibrieren. Aus der Decke lösen sich Brocken aus gebündeltem Lichtgestein, die über unseren Köpfen schweben und nur auf Gwens Befehle warten. Ihre Armada. Ich habe mich immer gefragt, ob sie so was kann, aber ich wollte es eigentlich lieber nicht am eigenen Leib erfahren.

Ich entwische Gwens Steinbrockenangriff nur knapp und arbeite mich zu Tinna und Jakub vor.

«Evan?» Tinna steuert rückwärts und mit erhobenen Händen auf die Höhlenwand zu. Die Spitze von Lennys Degen ist keine Handbreite von ihrem Hals entfernt. Wo ist Jakub?

Ich hechte zu ihr, werfe mich von hinten auf Lenny, reiße ihn zur Seite und weiche seinem Angriff aus.

«Wir müssen hier weg!», brülle ich in Tinnas Richtung. Neben ihrem Kopf zerschellt ein Felsbrocken.

Im selben Moment erreicht mich Gwen. Zusammen mit Lenny bildet sie eine perfekte Kampfeinheit. Sie schlagen abwechselnd, treiben mich zwischen sich in die Enge. Verdammt, wo steckt dieser Köter, wenn man ihn mal braucht?

Ich wehre mich mit Peitschenhieben. Jedes Mal, wenn das Leder Gwens Körper trifft, durchzuckt mich Entsetzen wie ein glühender Blitz. Ich schlage sie. Ich tue ihr weh. Ich habe sie zu einer Gefangenen gemacht.

Die Kraft in meinen Gliedern lässt nach. Lenny und Gwen werden immer stärker. Ihre Wut über unseren Widerstand feuert sie an. Lennys Degen trifft mich am Oberschenkel, fährt durch die Hose und über meine vernarbte Haut. Die Polarlichter schreien in meinem Kopf. Alles verschiebt sich vor meinen Augen. Gwen erwischt mich an der Schulter, und ihr scheint es nicht leidzutun, dass sie mir Schmerzen zufügt. In ihrer ganzen Haltung steht eine stille Befriedigung.

Ich packe ihren Stab erneut, aber Lenny schlägt mir die Beine unter dem Körper weg. Ich falle auf die Knie. Jeder geheilte Splitter zerspringt erneut. Meine Schreie hallen tausendfach von den Wänden wider.

Nach mir geht auch Gwen zu Boden. Jakub, woher auch immer er kommt, postiert sich vor mir, verteidigt mich gegen seine eigene Schwester. Es ist so absurd, dass ich träumen muss.

Lenny hilft Gwen auf die Füße, aber unter Jakubs Blicken rührt sie sich nicht mehr. Sie starrt uns an, als wolle sie etwas sagen und fände keine Worte. Lenny läuft vor Wut rot an.

«Du wirst sie niemals kriegen, Parvenu!», höhnt er, die Spitze des Degens auf mich und den Hund gerichtet. «Folge uns bis ans Ende der Welt, wenn du willst. Sie wird immer mein sein.»

Seine Worte füllen meinen Körper mit Leere. Stille. Sie hallen in mir nach, als hätte er die Hölle verkündet.

Jakub springt auf Lenny zu, packt seinen Kragen mit den Zähnen und schleudert ihn weg. Mir läuft es kalt den Rücken hinunter, als Lenny mit dem Kopf voran gegen die Wand kracht.

Gwen beobachtet alles einen Augenaufschlag lang. Dann lässt sie Gestein von der Decke regnen. Aber sie zielt nicht auf uns. Jakub zerrt mich am Ärmel empor. Wir sprinten zu Tinna und gehen dann auf die Nische zu, aus der wir gekommen sind und die Gwen gerade mit Felsen verbaut. Es ist der einzige Ausgang aus dieser Höhle. Zumindest der einzige, den wir kennen. Mit letzter Kraft klettern wir über die Felsen, zwängen uns zwischen ihnen hindurch. Als Jakub den Verschleierungszauber erneut anhebt, feuert Gwen einen Brocken auf uns ab, der uns alle ins Jenseits befördert hätte, wären wir nicht schnell genug draußen gewesen.

Was bleibt, ist eine Gewissheit: Um mich zu töten, riskiert sie sogar das Leben ihrer Geschwister.

15 décembre 1723

Die Kirchturmuhr schlägt fünf, als wir am Gasthaus ankommen. Schweigend schleppen wir uns hinein, lassen uns am brennenden Kamin nieder und starren gemeinsam ins Feuer.

Ich habe keine Worte für das, was geschehen ist. Die Mühe, die wir auf uns genommen haben. Tinnas Verletzung. Die Hilfe durch Maely. Mein Deal mit den Nordlichtern. Es war alles umsonst.

Der einzige Trost an diesem Abend ist die Stille des Gasthauses. Niemand kommt mehr her, seit Gwen verschwunden ist. Die Bar ist nicht besetzt. Die Stühle stehen kreuz und quer an den Tischen herum, als hätten alle Gäste den Raum gleichzeitig und in großer Eile verlassen.

«Es tut mir leid», sage ich schließlich, den Blick in die Flammen gerichtet. «Ich habe euch in große Gefahr gebracht.»

Jakub schnaubt. Ich habe noch nie einen Hund ein derartiges Geräusch machen hören. Tinna stützt die Ellenbogen auf den Knien ab.

«Jakub fragt, was du jetzt vorhast?»

Ich spüre den bohrenden Blick des Hundes auf mir, aber ich finde keine Kraft, ihn zu erwidern. Ich zucke nur die Schultern.

«Man kann jeden Fluch brechen. Man muss nur herausfinden, wie», übersetzt sie mit matter Stimme.

Jetzt bin ich es, der schnaubt. Sein Optimismus ist bewundernswert. Ich hätte auch gern diese Energie. Aber im Moment kann ich nur daran denken, dass ich Gwen verloren habe. Mehr als jemals zuvor.

Tinna und Jakub wagen es kein weiteres Mal, Pläne zu schmieden. Wir starren noch eine Weile gemeinsam in die Flammen, dann erheben sich die beiden und schleichen nach oben, als hätten sie Angst, mich aus meinen Gedanken zu reißen. Nachdem sie die Tür geschlossen haben, vergrabe ich das Gesicht in meinen Händen.

Wir sind in die Falle getappt. Mitten hinein. Indem wir, oder vielmehr ich, Gwen retten wollten, haben wir alles noch schlimmer gemacht. Was, wenn sie nicht mehr zurückkommt?

Die Tür des Gasthauses fliegt auf. Eisiger Wind trägt Schneeflocken bis in den Gastraum, begleitet vom rhythmischen Klopfen eines Stockes. Ich wende mich nur soweit um, dass ich ihn aus dem Augenwinkel beobachten kann. Doch Monsieur Giroux wirft den schneebedeckten Mantel zur Seite und durchquert den Raum, ohne mich zu beachten. An seinem Stab glitzern Partikel wie Sternenstaub. Ich versuche, unauffällig zu sein, aber ich kann meinen Blick nicht davon losreißen. Ein Teil von mir wird so stark davon angezogen, dass ich zu ihm eilen möchte, um den Stab an mich zu nehmen.

Nimm ihn dir, flüstern die Stimmen in meinem Inneren.

Ich zwinge mich, wieder ins Feuer zu sehen, und lasse Giroux in seiner Kammer verschwinden. Polarlichter also. Er hat Teile von Polarlichtern an seinem Stab. Vielleicht sind sie mir zuvor nicht aufgefallen, weil ich kein eigenes Nordlicht in mir hatte, doch eigentlich glaube ich, dass sie vorher noch nicht dort waren.

Ich reibe die Hände einmal über die Hosen. Dann stehe ich auf, marschiere hinüber zur Kammer und stoße die Tür auf, ohne anzuklopfen.

Der Alte, der in einem hochlehnigen Stuhl hinter dem Schreibtisch thront, grinst wissend.

«Was ist das für ein Fluch?», platzt es aus mir heraus.

«Du siehst aus wie ein halb zu Tode gehungerter Köter.»

«Wieso kann sie mich nicht erkennen? Für wen hält sie mich?»

Der Wirt faltet betont langsam die Hände auf der Tischplatte, bevor er mich wieder ansieht, den Kopf zur Seite geneigt.

«Wovon sprichst du?», säuselt er mit honigsüßer Stimme, die mich sofort an Lenny erinnert. Mir kommt die Galle hoch.

Genauso langsam, wie er seine Hände gefaltet hat, gehe ich auf ihn zu, lege die Handflächen auf dem Tisch ab und beuge mich zu ihm hinunter.

«Ihr habt Polarlicht an Eurem Stab. Blaues Polarlicht aus der Höhle unter dem Leuchtturm», erkläre ich gefährlich leise. «Ihr wart dort und Ihr habt gesehen, was mit ihr passiert ist. Was für ein Fluch ist das?»

Sein Lachen schneidet die kleine Welt der Kammer entzwei.

«Wieso sollte ich dir das verraten? Ausgerechnet dir?»

«Ihr wollt sie zurückhaben, oder nicht?»

«Und du willst sie fortbringen, oder nicht?» Ich knirsche mit den Zähnen, dass sogar er es hören muss. «Jeder andere wird sie zu mir zurückbringen, weil ich ihnen ihre Hand versprochen habe. Und wenn sie hier ankommen, werde ich das Mädchen an mich reißen und die Männer auf ein paar Jahre vertrösten. Wer sich nicht damit abfindet, wird sterben. Aber du, dir ist es egal, ob du sie zur Frau nehmen kannst. Du wirst sie nicht zurück in meine Reichweite bringen. Wieso also sollte ich dir helfen, sie zu befreien?»

«Weil ich der Einzige bin, der es kann.» Jedes meiner Worte wollte ich mir sorgfältig überlegen. Jede Silbe zwei Mal herumdrehen und prüfen, ob sie nicht zu viel verrät. Aber ich verliere die Geduld. «Olivier hält alle anderen davon ab, überhaupt den Turm zu erreichen. Aber er selbst kann die Tür nicht öffnen. Er kommt nicht hinein und er wird Gwen nicht finden, selbst wenn Lenny für die nächsten sechs Monate in dieser Höhle ausharrt.»

«Olivier ist ein Hohlkopf.» Giroux lehnt sich zurück und verschränkt die Arme.

«Was muss ich tun, damit Ihr mir helft?» Alles in mir wehrt sich gegen diese Frage. Ich will sie zurücknehmen, aber das kann ich nicht. Ausgesprochen hängt sie zwischen mir und dem Wirt im Raum und sein Lächeln verrät mir, dass mir die Antwort nicht gefallen wird.

«Sie ist mein Eigentum. Bring sie mir zurück.»

«Werde ich.» Nicht in hundert Jahren.

«Glaubst du, ich vertraue auf dein Wort?» Er schüttelt den Kopf, als hätte ich ihn in seiner Ehre gekränkt. «Du wirst mir schon ein bisschen mehr geben müssen als das.»

«Was wollt Ihr?»

«Deine Seele in meinem Kristall.»

Ich stoße ein Lachen aus, das nach etwas anderem klingt.

«Ich verkaufe meine Seele nicht.» Nicht an ihn und seinen Kristall. Nicht einmal für Gwen.

Giroux zuckt die Schultern.

«Dann werde ich dir nicht helfen können», säuselt er, als täte ich ihm leid. «Aber du solltest bedenken, dass es sich um einen äußerst starken Fluch handelt. Ihr ein weiteres Mal zu begegnen, wird vielleicht tödlich für dich enden. Ich bin der Einzige, der dir helfen kann, den Fluch zu brechen. Ich kann ein Elixier brauen, mit dessen Hilfe sie erlöst werden kann. Aber ohne ihre Anwesenheit bin ich nicht stark genug. Gib mir deine Seele und ich werde dir die Gelegenheit geben, sie zu retten.»

Niemals!

«Ich soll mich im Gegenzug auf Euer Wort verlassen?», höhne ich und beuge mich näher zu ihm. «Lieber sterbe ich», knurre ich gefährlich leise, «bei dem Versuch, sie zu retten, als sie Euch zu überlassen.»

Auf Giroux' Visage macht sich ein Grinsen breit. Seine trüben Augen klären sich, als wittere er eine Herausforderung, auf die er seit Jahren gewartet hat.

«Und ich lasse sie lieber in den Händen eines Verrückten verrecken, als sie dir zu schenken.» Ich halte seinem Blick stand, der mir Kälte in jeden Knochen jagt. «Der Tag war lang. Ich gebe dir die Chance, deine Entscheidung zu überdenken. Falls du meine Hilfe in Anspruch nehmen willst, und das wird deine einzige Chance sein, kannst du jederzeit deine Seele dem Kristall überschreiben. Erst wenn das geschehen ist, werde ich mich um das Mädchen kümmern.»

Ich stoße ein abfälliges Geräusch aus und wende mich ab. Zur Hölle soll er fahren, dieser gierige, alte Schamanentrottel.

«Du bist ein dummer Junge, wenn du glaubst, dass du deine ganze Existenz auf dieses Mädchen ausrichten musst.» Ich erstarre in der Bewegung.

«Sie ist nur ein stures Biest. Nur ein Mädchen, von dessen Sorte es auf der ganzen Welt hunderttausendfach bessere gibt. Dir läuft die Zeit davon, nicht wahr? Ich habe von Schiffen gehört, französische Eisbrecher, eine ganze Flotte unter der Flagge eines reichen Franzosen auf der Suche nach seinem Sohn. Es dauert kaum mehr zehn Tage, bis sie hier sein werden, und ich verwette meinen Kristall darauf, dass sie nach dir suchen.» Blut quillt aus meiner Lippe hervor, auf die ich zu fest gebissen habe. Zehn Tage. Ich will nicht darüber nachdenken. Gwen zu retten ist schwierig genug. Zeitdruck kann ich nicht gebrauchen. Nicht in diesem Ausmaß. «Wie ich das sehe, hast du die freie Wahl. Du kannst entweder alles daransetzen, eine Göre zu retten, die nie besonders freundlich zu dir war und dich nun für ihren schlimmsten Feind hält, und feierst zum Dank für diese Rettung ein prächtiges Wiedersehen mit deiner Familie, die dich mit einem Dolch willkommen heißen wird. Oder du lässt diese Gefühlsduselei endlich stecken und besinnst dich darauf, was im Leben wirklich zählt: die eigene Haut zu retten.»

«Ich will das nicht hören.» Mit kräftigen Schritten gehe ich auf die Tür zu, die immer weiter in die Ferne zu rücken scheint.

«Natürlich nicht. Du bist ein kleiner Junge, der sich in tiefer Liebe zu seinem Spielzeug wähnt. Aber die Wahrheit ist, dass du meine Hilfe brauchst. Du musst St. Harbour verlassen, bevor die Schiffe deines Vaters hier eintreffen. Ich bin der Einzige im Umkreis von tausend Meilen, der in der Lage ist, dich einfach aus den Köpfen der Menschen verschwinden zu lassen. Niemand wird sich an dich erinnern. Niemand wird deine Spur verfolgen können. Du bekommst die Sicherheit, die du immer wolltest, für einen Preis, den du früher oder später bereit sein wirst zu zahlen, weil du jemand bist, der jeden Preis in Kauf nimmt, solange er einen Nutzen davon hat. Oder liege ich damit falsch?»

Die Sicherheit, die ich immer wollte.

«Ich lasse mich nicht erpressen!» Mit einer Wucht, die den Staub aus den Deckenbalken des Gasthauses rieseln lässt, knallt die Tür der Kammer hinter mir ins Schloss. Doch selbst durch die geschlossene Tür kann ich Giroux lachen hören.

16 décembre 1723

Ich habe drei Stunden Schlaf hinter mir. Drei Stunden, von denen ich mich in zweien von einer Seite der Pritsche auf die andere gerollt habe in dem Versuch, meinen Albträumen zu entfliehen. Ohne Erfolg. Nun ist es vier Uhr in der Früh, das Gasthaus ist ruhig und ich grabe mich durch die Küche auf der Suche nach etwas Essbarem. Außer einem halb vergammelten Laib Brot kann ich nichts entdecken. Mir soll es egal sein.

Ich breche ein Stück vom Brot ab, schiebe es mir in den Mund und packe den Rest in meinen Vorratsbeutel.

«Ist es nicht ein bisschen früh für Frühstück?» Der samtene Klang der Stimme reißt mich aus meiner Tätigkeit. Das Brot landet auf dem Boden.

«Verschwinde», keife ich in die Dunkelheit, hebe den Proviant wieder auf und verstaue ihn sicher.

«Was hast du vor?» Der riesige Körper des Hundes schiebt sich um die Ecke. Seine Augen funkeln, als sein Blick auf mich und vor allem auf meine Ausrüstung fällt. «Du bist der größte Dummkopf, dem ich jemals begegnet bin», fasst Jakub zusammen.

«Es hat mir besser gefallen, als du noch nicht wolltest, dass ich dich verstehen kann.»

«Willst du einfach noch mal in das Versteck spazieren?», fragt er weiter, ohne meinen Kommentar zu beachten.

«Nein.» Doch.

«Und was soll das bringen? Sie wird immer noch verflucht sein. Sie wird dich immer noch angreifen, und Giroux hat recht, wenn er sagt, dass sie dich vielleicht sogar tötet.» Ich verfluche sein ausgezeichnetes Gehör. «Wie willst du den Fluch brechen? Mit reiner Überzeugungskraft?»

Ich schleudere den Beutel zu Boden, Jakub direkt vor die Füße. Er weicht einen Schritt zurück.

«Ich weiß es nicht, verdammt!», brülle ich. Es ist mir egal, wen ich aufwecke.

Jakub lässt ein Knurren hören.

«Du machst es nur schlimmer.»

«Ich werde meine Seele nicht in diesen Kristall stecken lassen und mich auf die Güte des großen Giroux verlassen.»

«Vielleicht verrate ich dir, was meine Idee ist.»

Ich hatte den Baum anders in Erinnerung. Strahlender und von einer Machtaura umgeben, die das Universum aus den Angeln hätte heben können. Doch jetzt sieht er nur noch aus wie ein normaler

Baum. Die Blüten vertrocknen. Schimmern nicht mehr silbern im Licht des Mondes. Das Ende der Blütezeit rückt näher und der Masineh lässt es deutlich erkennen.

«Das ist deine Idee? Den weisen Baum um Hilfe bitten, oder was?»

«Lass deine schlechte Laune gefälligst nicht an mir aus. Ich bin es nicht gewesen, der den Fluch aktiviert hat.» Ich grummle in mich hinein. Muss er mich daran erinnern? Jakub schleicht um den Baum herum, blickt nach oben in das Geäst und hinüber zu dem Loch, das in der Seite der Höhle klafft.

«Jeder, der durch die große Mutter mit magischen Fähigkeiten beschenkt wurde, ist tief mit dem Masineh verbunden. Seelen zu ernten ist eine Gabe, die sich direkt aus der Macht des Baumes ableitet. Gwens Verbundenheit zum Masineh ist dadurch noch stärker. Sie ist quasi seine Tochter.» Ich spüre, wie meine Augenbrauen nach oben wandern, doch ich halte mich mit Kommentaren zurück, bevor Jakub es sich anders überlegt. «Es ist überliefert, dass der Saft aus den Blüten des Masineh denjenigen die Wahrheit erkennen lässt, der davon trinkt.» Jakub beobachtet mein Gesicht, registriert jede Regung darin. Ich schaue abwartend zurück. «Gwen ist zweifellos ein Spezialfall und ich weiß nicht, ob es funktioniert. Ihre Verbundenheit gibt uns eine minimale Chance, dass ich richtig liegen könnte.»

«Also holen wir den Saft und verabreichen ihn Gwen und alles wird gut?»

«Wenn es so einfach wäre.» Wir hängen gemeinsam einen Moment diesem Gedanken nach, ehe Jakub weiterspricht. «Ich kenne diesen Fluch nicht sehr gut, dem meine Schwester unterliegt. Eine Theorie ist, dass er nur ihre Augen betrifft.» Ich schüttle den Kopf, um die Erinnerung an diese schwarzen Augen loszuwerden. «Sie kann nicht sehen, was wir sehen. Der Saft des Masineh muss deshalb in ihre Augen gegeben werden. Vielleicht erkennt sie dann selbst, dass sie verflucht ist. Mit dem Ausmaß ihrer Macht, die dann durch die Stärke ihrer Wut ins Unermessliche gesteigert wird, ist sie in der Lage, den Fluch selbst zu brechen.»

«Ziemlich viele Theorien.»

Jakub antwortet mit einem leisen Grummeln. Ich folge seinem Blick hinauf zu den Blüten des Baumes.

«Wie viel Saft brauchen wir?»

«Um sicherzugehen? Mehr, als der Baum uns geben kann.» Er stemmt die Vorderpfoten an den Stamm des Baumes. «Wir dürfen ihn nicht zu sehr belasten. Das wird nur noch mehr Probleme geben.» Mit dem Maul pflückt Jakub eine Blüte ab. Der Boden vibriert unter unseren Füßen. «Es ist für Gwen, du knochiges Gewächs!» Doch mit jeder Blüte, die er nimmt, bewegt sich die Erde stärker. «Steh doch nicht so nutzlos in der Gegend herum!»

Ich helfe ihm, aber der Masineh lässt uns seinen Zorn deutlich spüren. Der Boden zittert so stark, dass wir Mühe haben, die Blüten zu erwischen. Und jede von ihnen schreit. Eindringlich und so hoch, dass mir schwindelig wird.

«Das ist, weil sie noch nicht tot sind. Sie schreien wie Säuglinge, die man ihren Müttern entreißt.»

Wir beeilen uns mit der Ernte. Als wir fertig sind, fallen wir auf den Höhlenboden, ringen um Fassung.

«Lass uns gehen», sagt Jakub, rappelt sich wieder auf und springt durch den Wasserfall nach draußen. Ich folge ihm mit wackligen Knien.

Wir kehren zum Gasthaus zurück, verschanzen uns in der Küche und kochen aus den jammernden Blüten einen Saft, der so dünnflüssig ist, dass er auf keinem Löffel bleibt. Die Blüten sterben mit einem letzten Aufschrei in der Hitze des kochenden Wassers. Ihr Schmerz fährt uns mitten ins Herz.

Mit Mühe und unter offensichtlichem Protest des Saftes fülle ich ihn in ein kleines Fläschchen um, das Jakub in der hinteren Ecke eines Unterschranks gefunden hat. Hinter dem Glas blubbert und brodelt es noch eine Weile. Dann verstummen die Geister.

Jakub geht zur Hintertür.

«Was ist mit Tinna?»

«Sie schläft», erklärt er schlicht und öffnet die Tür mit den Pfoten.

Ich packe das Elixier ein und folge ihm.

Ich wäre ein Idiot gewesen, allein loszugehen. Mit Karte und Kompass manövrieren wir uns durch die Höhle, aber mehr als einmal muss ich meine Aufzeichnungen korrigieren. Auf Jakubs Nase ist mehr Verlass.

«Ob sie überhaupt noch hier sind?», denke ich laut.

«Sie weiß genau, dass wir zurückkommen. Dafür kennt sie uns zu gut.»

Wir erreichen den Riss des Verschleierungszaubers und begutachten die Stelle erneut. Dahinter dürfte sich ein Trümmerfeld aus Polarlichtgestein befinden, das uns das Eindringen erschwert.

«Geh allein», meint Jakub stumm. Ich widerstehe dem Drang, ihm mit Worten zu antworten, die zu laut sind für diese Umgebung. «Sie kann von ihrer Seite vermutlich nicht sehen, was draußen vorgeht. Sie wird denken, du seist allein und sie hätte leichtes Spiel.» Danke für dein Vertrauen, Jakub! «Ich halte den Ausgang frei. Mach keine Dummheiten, Weltenbummler! Wenn es zu gefährlich wird, kommst du zurück. Wage es ja nicht, dich von meiner kleinen Schwester töten zu lassen.»

Ich verdrehe die Augen und wende mich von ihm ab. Die Polarlichter wissen, wie dankbar ich ihm für alles bin, was er getan hat, für alles, was er mir anvertraut hat, obwohl er mich hassen sollte.

Mit spitzen Fingern hole ich das Fläschchen hervor und umschließe es fest mit meiner Hand.

Den Saft in ihre Augen träufeln. So schwer kann das nicht sein.

Wir heben den Verschleierungszauber an und ich schlüpfe auf die andere Seite. Zwischen Gwens Felsenchaos gezwängt, lasse ich den Blick durch das Versteck schweifen, das noch immer aussieht wie beim letzten Mal. Abgesehen davon, dass sich niemand die Mühe gemacht hat, nach dem gestrigen Kampf aufzuräumen. Gwen sitzt neben Lenny am Feuer, den Kopf an seine Schulter gelehnt. Ihr Anblick schnürt meinen Brustkorb zusammen.

Gwen zu überwältigen bleibt meine einzige Möglichkeit. Es ist zu wenig Saft, um ihn auf sie herabregnen zu lassen. Ich muss sie zu Boden zwingen und ihr das Elixier direkt in die Augen geben. Ich atme tief durch, umfasse die Flasche noch fester und trete ins blaue Licht des Verstecks.

Als hätte ich mich durch ein Geräusch verraten, fahren Lenny und Gwen zu mir herum. Sie erheben sich gleichzeitig, als wären sie eine Person, eine verschmolzene Einheit, untrennbar miteinander verbunden. Wut brennt mir in den Venen.

«Todessehnsucht?», mutmaßt Lenny. Gwen lässt ihren Polarlichtstab kunstvoll durch die Luft gleiten.

«Ich bin nur ein dummer Seemann», zucke ich die Schultern. Dann stürze ich nach vorn, direkt auf Lenny zu, der mit seinem Degen ausholt. Ich bin schneller. Ich sehe meinen Stock schon gegen seine Brust schlagen, als sich Gwen, bereit, ihren Liebsten bis aufs Blut zu verteidigen, in meine Bahn wirft. Damit habe ich sie genau da, wo ich sie haben will.

Ich schlage meinen Stock gegen ihren, genieße die Vibration, die von dem Holz auf meine Hand übergeht, das Gefühl von Verbundenheit, auch wenn es über verschiedene Materialien geleitet wird. Wir sind verbunden. Nicht sie und Lenny. Sie hält ihn für mich und mich für ihn. Zeit, die Dinge wieder in die richtige Bahn zu bringen.

Gwen setzt nach. Ich halte dagegen, wehre ihre Schläge ab, als sähe ich jeden davon voraus. Erst als sie mein Bein trifft, zucke ich aus Gewohnheit zurück. Lenny nutzt die Gelegenheit, mich von der Seite anzugreifen. Gwen attackiert erneut mein Bein. Ich wehre beide mit einem Rundumschlag ab, erwische Lenny dabei am Kopf. Er taumelt zurück, fällt auf den Boden und schlägt mit dem Hinterkopf auf. Sein Brustkorb hebt und senkt sich noch einmal, bevor er ruhig bleibt. Das ist alles, was ich registriere, bevor sich Gwen erneut auf mich stürzt. Sie springt mir auf den Rücken, zwingt mich zu einer Drehung. Ich werfe sie über den Kopf ab und versuche das Knacken zu überhören, das ihr Aufprall verursacht. Mit meinem ganzen Gewicht stürze ich mich auf sie, bändige ihre um sich schlagenden Hände mit meiner linken Hand und ziehe mit den Zähnen den Korken aus der Flasche des Elixiers. Gwen windet sich und flucht und stöhnt unter mir. Ihre schwarzen Augen funkeln wild. Ich kann zwar nicht sehen, wohin sie sieht, aber ich spüre ihren Blick auf mir, spüre, dass sie mich ansieht wie all die Männer, denen sie zu Willen sein musste und die sie nur für ihren Spaß ausgenutzt haben. Ekel verzerrt ihr Gesicht zu einer Fratze, und mir fährt ein Schmerz in die Brust, der übler ist als jedes Leiden zuvor.

Ich hebe das Fläschchen direkt über ihr Gesicht. Sie wirft panisch den Kopf hin und her. Ohne sie loszulassen, wechsle ich meine Position, fixiere ihre Arme mit meinen Knien und stabilisiere ihren Kopf mit einem beherzten Griff um ihr Kinn. Ihre Zähne knirschen.

Die Flüssigkeit findet ihren Weg wie von selbst. In einem dünnen Faden fließt sie wie Sirup aus dem Flakon und benetzt Gwens Gesicht. Sie kneift die Augen zusammen, versucht, den Kopf aus meinem Griff zu winden. Vorsichtig lasse ich den Saft auf ihre geschlossenen Lider fließen. Das leere Fläschchen fällt zu Boden, als ich mich tief über sie lehne. Mit der freien Hand streiche ich über ihre Wange, durch ihr Haar. Nur ein Hauch einer Berührung. Ich will nicht, dass sie denkt, ich wäre wie die anderen. Sie soll überrascht sein. Meine Fingerspitzen zeichnen jede Kontur ihres Gesichts nach, so wie sie meines an die Wand in meinem Rücken gemalt hat. Sie wird still. Ihr Atem fährt stoßweise gegen meine Haut.

«Sieh mich an», flehe ich leise.

Ihrer Kehle entringt sich ein Wimmern, das mein Herz in Stücke reißt. Zitternd atmet sie ein und wieder aus und schlägt dann die schwarzen Augen auf. Das Elixier der Masineh-Blüten findet seinen Weg. Sofort kneift Gwen sie wieder zusammen und bleibt gleichzeitig wie erstarrt liegen. Ihre Augen zucken unter ihren Lidern hektisch hin und her, als hätte sie einen Albtraum. Noch mal streiche ich ihr über das Haar und lege meine Stirn an ihre.

«Komm zurück», wispere ich, während ich ihren Atemzügen lausche. Eine Weile geschieht nichts, und meine Kehle schnürt sich zu. Was, wenn wir versagt haben? Was, wenn es keinen Weg gibt, sie zurückzuholen? Ich spüre, wie sich eine warme Hand auf meine Brust legt. Gwen krallt sich in den Stoff meines Hemdes, zieht mich näher zu sich, bis mein Atem zu ihrem wird. Dann schlägt sie die Augen auf. Sie sind noch immer schwarz.

Ich weiche zurück, entkomme ihrer Faust, die mich an der Schläfe getroffen hätte, und rolle zur Seite. Aber meine Glieder sind steif geworden von der Position, in der ich sie festgehalten habe. Ich bin langsam. Gwen kommt schnell auf die Beine. Ihre Macht versetzt die Luft in Vibration, als sie die Glut des Feuers auf mich schleudert. Im letzten Moment werfe ich mich zur Seite. Die Glut trifft den Verschleierungszauber und lässt ihn in Flammen aufgehen. Die Polarlichter fliehen. Dunkelheit flutet die Höhle. Gwen nutzt die Gelegenheit, sich auf mich zu werfen. Mit dem Unterarm drückt sie mir die Kehle zu. Ich ringe nach Luft, winde mich in ihrem Griff. Keine Chance.

Mir wird schon schwarz vor Augen, als ich Jakubs funkelnde Augen auf mich zurasen sehe. Gwen bemerkt ihn auch. Ihr Griff lockert sich. Sie schleudert den Polarlichtstab herum. Mit der Spitze voran lässt sie ihn auf Jakub los.

Sie wird ihn töten.

Sie wird ihren eigenen Bruder töten.

Die Zeit wird zu zähem Karamell. Ich brauche keinen Wimpernschlag, um meine Entscheidung zu treffen. Vielleicht ist es gar keine Entscheidung. Nur eine spontane Reaktion. Ganz egal. Gwen wird zerbrechen, wenn sie erfährt, dass sie ihren Bruder getötet hat. Vielleicht kann ich sie nicht retten. Vielleicht war mir das nie bestimmt. Aber ich kann verhindern, dass sie an sich selbst zugrunde geht. Mir läuft die Zeit davon.

Ich drehe mich in ihrem noch immer um meinen Hals geschlungenen Arm zu ihr herum. Ihre ganze Konzentration liegt auf Jakub, also zwinge ich sie, mich anzusehen, indem ich meine zitternden Hände an ihre Wangen lege. Und dann tue ich das Egoistischste, was ich nur tun kann.

Ich schließe meine Augen und presse meine Lippen auf ihre.

Die Welt wird kalt. Sie erinnert mich mit ihrer Dunkelheit an Jakubs Geist, aber die Wände sind poliert und aus undurchdringbarem Gestein. Mächtig und unbarmherzig. Schicht um Schicht verstärkt sich diese Wand, verbaut die letzten Lücken, die noch an die alte Welt erinnert haben. Ein übernatürlicher Instinkt sagt mir, dass ich keine Angst haben muss, dass ich in Sicherheit bin und das ultimative Zuhause gefunden habe. Meine Venen durchfließt eine Ruhe, wie ich sie nie zuvor gespürt habe.

Ein Knacken fährt durch die Dunkelheit. Ich kann es nicht hören, aber fühlen. Als würde meterdickes Gestein einfach zerbrechen. Der abgebrochene Teil driftet fort, so tief in die Dunkelheit, dass ich jede Verbindung dazu verliere. Er ist einfach weg und ich weiß, dass mit ihm die Wärme für immer verloren ist.

Als ich die Augen wieder öffnen kann, halte ich noch immer ihr Gesicht in meinen Händen. Doch meine Finger sind zu kalt, um etwas zu fühlen. Ich denke, dass ich etwas empfinden sollte beim Anblick ihrer Augen, aus denen das Schwarz zurückweicht. Das Blau kehrt zurück und ich erinnere mich an sie, als wären Jahrzehnte vergangen, in denen zwischen uns alles passiert und alles gesagt worden ist. «Evan?», wispert sie und legt die Stirn in Falten. Ihr Blick huscht über mein Gesicht, meine Narben und offenbart die Verwunderung über diese Situation.

Ich lasse sie los, beobachte still, wie sie Lennys Körper am Boden liegen sieht und von Entsetzen geschüttelt wird, als sie begreift, dass der Fluch sie gegen mich aufgehetzt hat. Mit aufgerissenen Augen starrt sie mich an, bis ein dumpfer Schlag uns zu Jakub sehen lässt.

Jakub ist nicht mehr Jakub. Kein Hund mehr. Auf dem Höhlenboden liegt der halbnackte Körper eines jungen Mannes, dessen dunkles Haar so lang ist, dass es über sein Gesicht fällt und es komplett verdeckt. Seine Haut hängt in Fetzen von seinem Fleisch. Vergiftetes Blut quillt aus den Wunden hervor. Ich weiß das, weil er es mir selbst erzählt hat. Ich erinnere mich an sein Geheimnis, seine Abmachung mit den Polarlichtern. Aber ich fühle nichts.

Gwen hechtet nach vorn, will sich auf ihren Bruder stürzen. Ich packe sie am Arm.

«Er lebt», meine ich mit fremder Stimme und sage ihr damit, dass sie sich nicht um ihn kümmern muss.

«Er braucht Hilfe», fleht sie.

Ich verstärke nur den Druck um ihren Arm, erwidere ihren eindringlichen Blick aus diesen unfassbar blauen Augen, in denen sich silberne Tränen sammeln.

«Was hast du getan?», wispert sie mit zitternder Stimme. Sie weicht zurück, soweit sie es in meinem Griff kann.

«Wir gehen!»

Ich zerre sie hinüber zu dem halbtoten Körper, hieve ihn über meine Schulter, ohne das Mädchen loszulassen, und marschiere dann mit den beiden aus der Höhle.

Ich folge einem anderen Weg als dem, den wir gekommen sind. Nicht ein Mal muss ich darüber nachdenken, welche Abzweigung zu wählen ist. Nicht ein Mal erwidere ich ihren verzweifelten Blick oder reagiere auf ihr Flehen, zur Besinnung zu kommen. Ich ignoriere die Tränen, die die Polarlichter auf dem Höhlenboden schwarz färben, genauso wie die unsagbare Last von Jakubs Körper auf meiner Schulter.

Stattdessen zwinge ich sie vorwärts, obwohl sie sagt, dass sie nicht mehr kann, spreche kein Wort mehr als nötig und folge dem neuen Instinkt in meinem Kopf, der das Ziel genau kennt. Die Stimmen der Polarlichter kreischen in einem Teil meiner selbst, der nicht länger Zugang zu mir hat. Sie sind zu leise, als dass ich ihre Rufe verstehen könnte oder wollte. Ich weiß, wohin ich muss.

Wir erreichen das Gasthaus im trügerischen Dunkel des Nachmittags. Monsieur Giroux steht im Türrahmen, als wir näherkommen. Der Stock in seiner Hand ist überzogen von blauem Schimmer. Das Haupt hoch erhoben, die Miene ein regloses Versprechen.

Das Mädchen protestiert unter meiner Hand, wehrt sich nach Leibeskräften, als hätte sie eine Chance. Unbarmherzig schließen sich meine Finger noch fester um ihre Haut. Sie wird blaue Flecken davon bekommen. Sie wird Schmerzen haben. Ich sehe es in ihrem hasserfüllten Blick.

«Ich wusste, dass du irgendwann zur Vernunft kommen würdest», lobt der Meister.

Ich nicke bloß. Er tritt zur Seite, um uns einzulassen. «Bring sie auf ihr Zimmer.»

Wieder spüre ich das Nicken und tue, was mir befohlen wird. Ich schleife sie hinter mir die Treppen empor, kümmere mich nicht um ihre stolpernden Schritte, ihre Tritte oder ihre Schreie. Die Dachkammer hat ihre schiefe Tür verloren. Ein Eisengitter ersetzt sie nun. Es öffnet sich vor mir von selbst. Als weiche es vor einer Macht zurück, die mir nun innewohnt.

Ich sehe eine Gestalt vom Bett aufspringen. Sie eilt auf uns zu und erstarrt bei meinem Anblick. Ohne dass ich etwas sagen muss, weicht sie zurück. Braves Mädchen. Sie stößt gegen die Schüssel mit Wasser, die neben dem Bett steht.

Ich stoße ihre Schwester ins Zimmer. Schluchzend fällt sie auf die Knie. Ich gehe ihr nach, bette den Körper des Hundejungen auf die Pritsche und betrachte noch einmal intensiv seine Wunden.

«Bring uns Wasser für seine Wunden», bittet die Kleine, ihre aufgelöste Schwester im Arm haltend.

«Wasser wird ihm wenig nützen.» Ich gehe zur Tür und ignoriere den Eimer voll Wasser, der auf dem Korridor neben der Tür steht. Das Eisengitter setzt sich hinter mir in Bewegung. Doch kurz bevor das Schloss einrasten kann, entwickelt das Metall ein Eigenleben. Es wehrt sich, bewegt sich keinen

Millimeter mehr. Mein Blick kreuzt den der kleinen Hexe.

Die Tränen glitzern noch immer auf ihren Wangen, aber ihre Augen funkeln dunkel. Langsam rappelt sie sich auf, fixiert meinen Blick und schreitet auf mich zu, bis sie so dicht vor mir steht, dass sie den Kopf heben muss, um mir ins Gesicht sehen zu können.

«Du hast ihm deine Seele geschenkt», zischt sie. Jedes Wort ein Ausdruck ihrer Wut. «Aus freien Stücken. Jetzt bist du genauso sein Sklave wie wir.» Ich halte meinen Blick auf ihre Augen gerichtet, unterdrücke das Zucken in meinem Mundwinkel und warte geduldig, dass sie weiterspricht. «Der Kristall reißt alles an sich, was deine Persönlichkeit ausmacht. Er verändert dich. Du bist nicht du selbst.» Ich spüre, wie sich meine Augenbraue hebt. «Evan, ich weiß, dass du mich hören kannst und ich weiß, dass dir tief in deinem Inneren eine Stimme sagt, dass es falsch ist, ihm zu gehorchen. Du musst dieser Stimme zuhören. Folge ihr!» Sie legt ihre Hand auf mein Herz. Mein Blick folgt ihrer Berührung, die nichts als Druck auf meiner Haut ist.

Ich packe ihr Handgelenk und zerre sie dicht ans Gitter. Ihr Gesicht ist meinem so nah, dass ich ihre Haut riechen kann.

«Wenn du mich das nächste Mal anfasst, breche ich dir deine Finger!»

Mein Kopf fliegt zur Seite, so hart trifft mich ihr Fausthieb gegen die Wange. Doch als ich sie ansehe, weiß ich, dass es nicht ihre Faust war. Neben ihrem Kopf schwebt ein Stiefel. Clever ist sie, das muss man ihr lassen.

«Wenn du mir das nächste Mal drohst, werde ich dich spüren lassen, was ich mit denen anrichte, die ihre Seele verschenken.»

Ihre Verzweiflung ist so süß, dass sich meiner Kehle ein hallendes Lachen entringt.

17 décembre 1723

Es gibt Schlimmeres, als stundenlang ein Gefängnis mit schönen Mädchen zu bewachen. Ich beiße herzhaft in mein Brot, während sie gezwungen sind, sich vor meinen Augen umzuziehen, sofern sie neue Kleider tragen wollen. Zumindest die Jüngere von beiden hat es nötig, weil sie so dämlich war, sich den Wassereimer über den Rock zu kippen.

Natürlich starre ich sie nicht an. Immerhin ist sie ein halbes Kind und außerdem ist ihre Schwester erstaunlich geschickt darin, sie zu verstecken. Aber allein die Möglichkeit, dass ich etwas sehen könnte, scheint die Ältere regelrecht zur Weißglut zu treiben.

Hilf ihnen!

Ich beiße die Zähne zusammen. Diese verdammten Stimmen vermiesen mir schon den ganzen Tag die Laune. Ich habe sie begraben, verschanzt, eingemauert, weil es nur noch einen Instinkt gibt, auf den ich höre, aber sie schaffen es immer wieder, zu mir durchzudringen. Mir fällt nur eine Person ein, die dafür verantwortlich sein könnte.

Ich esse mein Brot auf und verschränke dann die Arme. Es wird Zeit, dass das alles vorbei ist, denke ich. Vaters Flotte erreicht den Hafen in einer knappen Woche. Der Gedanke macht mich nicht länger nervös. Der Meister hat versprochen, alle Leute vergessen zu lassen, wer ich bin, sobald seine Pläne vollendet sind. Dann kann ich endlich von hier fort. Ich vertraue ihm.

Unterdessen tritt die kleine Hexe an das Eisengatter. Mit einem herausfordernden Funkeln in den Augen imitiert sie meine Haltung.

«Schöner Tag heute, oder?», grinse ich und beobachte mit Vergnügen, wie sich ihre Hände zu Fäusten ballen.

«Mein erster freier Tag seit fünf Jahren. Könnte nicht besser sein», antwortet sie bissig.

«Du solltest es genießen.» Ich erhebe mich, strecke mich ausgiebig und schlendere zu ihr hinüber. Mit der Schulter gegen das Gitter gelehnt, lächle ich sie von unten herauf an. «Ich glaube nicht, dass der Meister dir noch viel Zeit zum Entspannen lassen wird.»

«Und ich glaube nicht, dass er halten kann, was er dir versprochen hat.»

Durch das Gitter packe ich ihren Arm und zerre sie so fest gegen die Stäbe, dass sie vor Schmerz das Gesicht verzieht.

«Es interessiert mich einen Scheiß, was du glaubst, Mädchen!» Meine Finger graben sich in ihre Haut. Tiefer und tiefer. Einfach, weil sie es können. Einfach, weil ich wissen will, ob sie wirklich so zäh ist. Sie zuckt nicht mal, was mich noch wilder macht.

Lass sie gehen!

Oh, wie ich diese Stimmen verfluche!

Ich wirble sie herum, presse sie mit dem Rücken gegen das Gitter, packe ihren Pferdeschwanz und ziehe daran, bis ihr Kopf sich zwischen die Stäbe presst. Sie gibt keinen Laut von sich.

«Was hast du vor, Seemann?», säuselt sie. «Du willst mir doch nicht etwa die Seite von dir zeigen, die für immer verborgen bleiben sollte?» Ich kann das Lächeln in ihrer Stimme hören und ziehe noch kräftiger an ihrem Haar.

Sie ist nur ein Mädchen. Lass sie in Ruhe!

«Hör auf damit!», zische ich ihr ins Ohr. Mit einem kräftigen Stoß schubse ich sie in die Zelle.

«Womit soll ich aufhören?»

«Das weißt du genau!» Meine Faust donnert gegen die Eisenstäbe, nur um ihr einen Schrecken einzujagen. Aber um ehrlich zu sein, ist der Schlag nicht halb so befriedigend wie gewünscht. «Du verschwindest aus meinem Kopf oder ich finde einen Weg in diese Zelle.» Meine forsche Handbewegung schließt den ganzen Raum ein.

Sie schiebt die Augenbrauen zusammen und neigt dabei den Kopf. Ich kann ihre Gedanken kreisen sehen, aber sie macht keine Anstalten, mir auch nur einen verraten zu wollen.

«Fahr zur Hölle!», zische ich, bevor ich mich abwende und mir einen Platz im Dachgeschoss suche, von wo aus ich diese Göre nicht die ganze Zeit anstarren muss.

20 décembre 1723

In meinem Kopf ist es laut. Stimmen, woher sie
auch kommen, wabern darin umher. Ich könnte
schreien, doch gleichzeitig fühle ich mich zu erschöpft, um auch nur einen Mucks hervorzube-
kommen. Der Meister setzt mir wie jeden Tag
Fischsuppe vor, die er das Mädchen unter Anwei-
sung ihrer Schwester aus der Zelle heraus mit ihrer
Gabe kochen lässt. Ich stand auch heute den ganzen
Morgen vor dem Eisengitter Wache und beaufsich-
tigte sie dabei. Ich könnte schwören, sie hat sie mit
Absicht versalzen. Der Junge siecht noch immer
dahin. Die Kleine wechselt die Verbände und salbt
ihn ein. Die Hexe spricht ihm gut zu. Die wenigen
Tage Gefangenschaft waren ausreichend, um das
Feuer und die Hoffnung in den Augen der Schwestern erlöschen zu lassen. Sie sehen wieder genauso
aus wie an dem Tag, als ich meinen Fuß von der
Albatros auf dieses vereiste Fleckchen Erde gesetzt
habe.

Der Meister hat auch heute wieder das Haus am
frühen Morgen verlassen. In den letzten Tagen kam
er immer erst abends zurück. Alles, was er hinterlässt, sind klare Instruktionen, die Gefangenen nicht
aus den Augen zu lassen. Ich wünschte, er würde

mir endlich eine ordentliche Aufgabe zuteilen, aber wenn ich heute auf die Uhr sehe, ist der Tag wohl schon zu alt dafür.

Ich gehe drei Schritte nach links und dann wieder drei nach rechts. Drei nach links. Drei nach rechts. Meistens starre ich den Dielenboden an. Ab und zu werfe ich einen Blick in die Zelle. Die Kleine berichtet ihrer Schwester gerade davon, dass ich mich von den Polarlichtern habe heilen lassen. Die wiederum beobachtet mich vom Ende der Kammer aus.

«Was hat er ihnen geboten?», fragt sie.

«Ich weiß es nicht. Er hat es nur Jakub erzählt und der meinte, es geht mich nichts an.»

Schweigen. Gut so. Es geht sie beide nichts an.

Schritte und ein Klopfen aus dem Untergeschoss lenken meine Aufmerksamkeit auf sich. Ich verweile mittig vor der Zellentür und warte gespannt, bis Monsieur Giroux in der Dunkelheit des Dachgeschosses auftaucht.

«Hol sie raus!», befiehlt er und deutet mit seinem Stab auf die Größere von beiden, aber ich hätte auch so gewusst, wen er will.

Mit klopfendem Herzen marschiere ich in die Zelle und will sie am Arm packen, als sie vor mir zurückweicht. Nicht länger als einen Augenblick sieht sie in meine Augen und gibt mir die Gelegenheit, all ihre Abscheu und Trauer zu sehen. Ja, ich sehe sie, Mädchen. Was soll ich damit?

Als ich nicht reagiere, läuft sie vor mir zur Zellentür und folgt Giroux bereitwillig nach unten in den Gastraum.

Dort angekommen, weist er sie an, sich auf einen Tisch zu stellen, den sie mithilfe ihrer Gabe in der Mitte des Gastraumes platziert. Sie klettert über die Sitzfläche eines Stuhls auf den Tisch, streicht ihren Rock glatt und atmet einmal tief ein und aus, als wüsste sie, was ihr bevorsteht.

«Es wird Zeit, dass du anfängst, die Schulden deines Vaters zu begleichen», poltert der Wirt und schlägt ihr mit seinem Stock gegen die Beine. Sie zuckt nicht mal. «Ich brauche keine Nichtsnutze, die vor meiner eigenen Haustüre herumlungern. Schaff sie aus dem Weg.»

Ich werfe einen prüfenden Blick durch die Buntglasfenster und erkenne erwartungsgemäß nichts. Seit Tagen habe ich keinen Fuß vor die Tür gesetzt. Hätte er mich informiert, hätte ich mich längst um das Problem gekümmert.

«Wie?», fragt das Mädchen pragmatisch.

«Eisskulpturen sind doch ein hübscher Anblick. Die Fischweiber werden sich das Maul zerreißen.» Er reibt sich die Hände. «Ertränke sie in den Eislöchern, und wenn sie ganz gefroren sind, stell sie am Hafen auf, wo jeder sie am Morgen sehen wird.»

«Und der Preis, wenn ich mich weigere?»

«Wie wäre es, wenn Tinnas Blut sich plötzlich auch in Gift verwandeln würde?» Er lässt es wie einen zwanglosen Vorschlag klingen. Als hätten sie darüber gesprochen, welche Unternehmung sie der Nachmittagsgesellschaft anbieten könnten.

Das Mädchen nickt gehorsam. Kommt es mir nur so vor oder ist sie in der Tat erstaunlich umgänglich?

«Aber es macht doch nur halb so viel Spaß», wirft der Meister ein, und ihr Blick trifft meinen, «wenn du nicht wenigstens ein bisschen leidest. Steig auf den Tisch!» Er wedelt mit der freien Hand in meine Richtung.

Ich tue, was mir befohlen wird, und stelle mich hinter das Mädchen, das dem Meister von oben vor die Füße spuckt.

«Ungezogenes Biest!», wettert er mit einem Ausdruck im Gesicht, der klar macht, dass er sie längst losgeworden wäre, wenn er sie nicht brauchen würde. Der Instinkt befiehlt mir, die Arme um das Mädchen zu schlingen und sie so unbeweglich zu machen.

«Fester!», plärrt der Meister.

Ich drücke zu, ziehe sie gegen meine Brust und lasse ihr gerade genug Raum zum Atmen.

«Und jetzt mach! Ich habe nicht ewig Zeit!» Giroux rückt sich einen Stuhl zurecht und lässt sich darauf nieder, um sein Hausmädchen beim Wirken ihrer Magie zu genießen.

«Wenn du nur versuchst, mich anzufassen ...», knirscht sie in meine Richtung.

«Fang endlich an!», fahre ich sie an und wundere mich darüber, dass ihr Körper in meinen Armen erstarrt, als mein Atem ihren Nacken streift.

Wenig später vibriert die Luft um uns. Die Leuchter über den Tischen beginnen zu klirren, und feiner Staub rieselt aus den Ritzen zwischen den Deckenbalken, als sie ihre ganze Macht versammelt. Ihr Körper wird kalt und irgendwie dünner, während sie den Auftrag ausführt, den sie von unserem Meister erhalten hat. Ich halte sie fester, drücke sie gegen meine Brust, aber sie scheint es nicht mehr zu bemerken. Ihr Geist ist woanders. Ein Zittern erfasst sie vom Scheitel bis zur Sohle, als sie alle Kraft dazu verwendet, zwei Körper zum Ozean zu schleppen.

Es wird alles gut, wispern die unheimlichen Stimmen in meinem Kopf. Sie klingen hoch und gleichzeitig tief. Uralt und wie die von kleinen Kindern. Ich muss sie ignorieren. In höchster Konzentration schließe ich die Augen und senke meinen Kopf. Meine Stirn stößt gegen den Hinterkopf des Mädchens, doch als ich zurückweiche, folgt sie meiner Bewegung. Mit einem Mal schwankt der Tisch unter uns. Ich halte sie noch fester, aber irgendetwas in meinem Herzen sagt mir, dass ich es nicht wegen der Befehle tue. Da ist noch mehr. Irgendwo. Verborgen. Versteckt, damit ich es nicht wiederfinde.

Suche danach!

Gwens Arme bewegen sich unter meinen und ich bin zu langsam, um sie festzuhalten. Aber sie will sich nicht befreien. Ihre Hand legt sich auf meinen Unterarm, krallt sich in den Stoff meines Hemdes, hält sich daran fest, als wäre ich der einzige Ankerpunkt an dem Ort, wo sie gerade ist. Ihre Hand ist warm.

Mein Atem geht schneller, je mehr der Tisch sich unter uns bewegt. Aber Monsieur Giroux sitzt noch immer ruhig auf seinem Stuhl. Als wären wir eine Anomalie in Raum und Zeit. Wie ist das möglich?

Hab Vertrauen, säuseln die Stimmen. Du musst ihr vertrauen.

Meine Hand zittert, als ich sie mit ihrer verschränke. Ihre schlanken Finger schließen sich um meine, erinnern mich an etwas, das ich verloren habe. In der Höhle. Unter dem Leuchtturm. Jakub. Ihre blauen Augen.

Mich verlässt alle Kraft. Ich keuche auf, presse meine Stirn noch fester gegen sie und schließe die Augen, um mich von dem Schwindel tragen zu lassen. Ihr Haar kitzelt meine Wange. Der Duft von Lavendel steigt mir in die Nase, der mich an tausend Augenblicke mit ihr erinnert. Und an die Dinge, die ich damals gefühlt habe und jetzt nicht fühlen kann. Doch während sich ihr Körper gegen meinen drängt, begreife ich, dass ich diese Momente zurück will. In mir zerspringt eine Mauer aus schwarzem Stein.

Als alles erledigt ist, stößt Gwen mich weg und springt in einem Satz vom Tisch. Ohne ein weiteres Wort zu sagen oder ihn auch nur eines Blickes zu würdigen, stolziert sie an Giroux vorbei und erklimmt die Treppe. Die Hand auf der Klinke, schaut sie über ihre Schulter zurück. Das Blau ihrer Augen reißt mir den Boden unter den Füßen weg.

Ich springe vom Tisch. Meine Knie geben beim Aufkommen nicht nach, obwohl sie sich schwammig anfühlen. Giroux erhebt sich langsam.

«Was hast du gesehen?», fragt er hart.

«Das Meer.» Ich starre in seine Visage, halte seiner Prüfung stand und zwinge meinen Hass unter die Oberfläche. Noch nicht. Er darf noch nicht wissen, dass ich begreife, was er getan hat, dass er mich hinters Licht geführt hat. Von Anfang an.

«Geh ihr nach!»

Ich nicke mechanisch. Meine Beine bewegen sich wie von selbst. Es ist mühsam, die Treppe nicht emporzusprinten. Langsam. Ruhig. Mein Herz schlägt einen anderen Takt. Als die Tür hinter mir zufällt, eile ich die nächste Treppe hinauf. Gwen wartet geduldig vor dem Eisengitter, beobachtet ihre schlafenden Geschwister. Ich denke nicht daran, meine Schritte zu verlangsamen. Sie fährt zu mir herum, als ich nur noch eine Armlänge von ihr entfernt bin. Selbst wenn sie mich schlagen würde, mit aller Kraft, die noch in ihr steckt, ich würde nicht zurückweichen. Ohne zu fragen, schlinge ich die Arme um ihren Körper, ziehe sie an mich, halte sie fest und vergrabe mein Gesicht an ihrer Schulter. Es dauert einen Moment, bis sie versteht, was geschieht. Der Druck ihrer Umarmung legt sich um meinen Rücken, die Wärme ihrer Hände dringt selbst durch die Lagen meiner Kleidung.

«Es tut mir leid.» Es sind nur Worte. Ein Hauch auf ihrer warmen Haut, während ihre Hand meinen Rücken hinauf- und hinunterstreicht und Spuren darauf hinterlässt wie Stiefel im Schnee. «Es tut mir leid.» Meine Lippen finden die weiche Stelle unter ihrem Ohr, küssen sie, wandern ein Stück höher, über ihren Kiefer, ihre Wange. Es tut mir leid. Gwen seufzt leise. Ich weiß, dass sie erschöpft ist, und trotzdem zieht sie mich mit sich. Tiefer in die Dunkelheit. Weg von der Zelle, bis sie mit dem Rücken gegen die Wand stößt. Sie umfasst mein Gesicht und zwingt mich, sie anzusehen.

«Du hast mich zurückgeholt.»

«Ich war mir nicht sicher, ob es klappen würde.» Sie streicht über die Brandnarben auf meinem Gesicht und ich schließe die Augen, versinke in ihrer Berührung. «Die Lichter haben deine Seele gespalten. Du hast nur eine Hälfte davon an ihn verschenkt.» Ich nehme ihre Stimme in mich auf und verwahre sie an einem Ort meines Geistes, an dem ich sie nie wieder verlieren kann.

«Ich habe sie nicht verschenkt», sage ich leise. «Es war die einzige Lösung, die ich gesehen habe. Aber ich wusste, was mit Jakub geschehen würde», gestehe ich. «Ich war bereit, ihn aufzugeben.» Die Worte schmecken wie Sand. Ich nehme die Hände von ihr, senke den Blick auf den schwarzen Boden unter unseren Füßen, lausche meinen Atemzügen.

Ich war bereit, ihn aufzugeben. Um Gwen zu retten, um sie von diesem Fluch zu befreien. So, wie ich bereit war, Peppin zu opfern, um mich zu befreien.

«Tu das nicht», wispert sie. Ihre Hand findet erneut meine Wange und schickt damit eine Gänsehaut über meinen ganzen Körper. «Du hast etwas Gutes tun wollen. Bestrafe dich nicht dafür. Nicht schon wieder.» In ihrer Stimme liegt unendliche Güte.

Ich nehme ihre Hand in meine, führe sie an meinen Mund und küsse sie. Gwens Kopf sinkt gegen die Wand. Ihr Lächeln bringt ihre Augen zum Leuchten. Und mein Herz zum Glühen.

«Bitte sei vorsichtig», sagt sie leise und entzieht mir ihre Hand.

Ich nicke und weiß, dass es Zeit ist, zu gehen. Widerwillig bringe ich sie zurück in die Zelle, verschließe das Tor und wünschte, ich könnte mehr tun.

«Such dir einen ruhigen Platz für die Nacht», rät sie mir durch das Gitter. «Jemanden zurückzuholen bringt auch immer Erinnerungen zurück, die man verdrängt hat.»

7 janvier 1723

Meine Füße flogen über den frostbedeckten Boden. Es war stockfinster in dieser Nacht. Mein eigener Atem vernebelte meine Sicht, während ich über den Hof rannte.

Ich rannte, weil mir heute bewusst geworden war, was mein Vater längst begriffen hatte: Solange ich seinen Namen trug, war er gezwungen sein Erbe zwischen Peppin und mir aufzuteilen. Die Leute würden reden, wenn er nicht uns beide begünstigte. Sie würden Fragen stellen.

Ich jagte um die Stallungen herum. Mein Atem ging schwer. Nachtluft brannte mir in den Lungen. Dass ich meinem Verfolger so lang entkommen war, hatte mit meiner Wendigkeit aber vor allem mit Glück zu tun.

Kommende Woche würde Vater sich zur Ruhe setzen, für seinen Nachfolger das Feld räumen. Das Einzige, was der perfekten Umsetzung dieses Plans im Weg stand, war ich. Nach heute mehr denn je.

Mit keuchendem Atem schlitterte ich um die Stalltüre herum. Mein Herzschlag schnitt mir die Luft ab, als ich noch dachte, dass ich ihn im Dunkel der Stallungen abhängen könnte und im selben

Atemzug von seinem Degen am Oberarm getroffen wurde.

Ich wollte dieses Gut nicht. Unter keinen Umständen. Aber zu sehen, wie mein Vater sich unter den Augen seiner Leute winden würde, hatte mich abgehalten schon am frühen Morgen aufzubrechen. Nur ein einziges Mal wollte ich mich an ihm rächen für all die Grausamkeiten, die er mir angetan hatte. Für seine Dreistigkeit eine Hochzeit mit diesem Biest namens Camille zu arrangieren, nur um mich nach Marseille abschieben zu können, und seine Arroganz, dass er dachte, ich würde seine Absichten nicht irgendwann durchschauen. Doch es schien, als würde ich meine Rache nicht nehmen können. Er würde es nicht so weit kommen lassen.

Unbewaffnet wich ich Peppins Hieben aus, verlor das Gefühl in meinem Arm, stolperte und fiel. Er war kein guter Kämpfer, aber ich war in einer denkbar schlechten Position. Eingepfercht zwischen den Heuballen. Sein Degen verfehlte nur knapp meine Seite.

«Wieso tust du das?», keuchte ich, rappelte mich hoch und wusste, dass ich meinen Atem besser sparen sollte.

Er traf mich zur Antwort am Bein. Ich krümmte mich unter Schmerzen, sank in die Knie. Unter dem Leuchten seiner shellblauen Augen rann mir der Schweiß über die Schläfe. Strähnen schwarzen Haars hingen ihm nach der Verfolgung in der Stirn. Ich registrierte das Summen von Befriedigung in meinem Magen, das den Schmerz linderte. Peppin sah schlechter aus, als ich ihn je gesehen hatte. Der Kampf meines Vaters zehrte an ihm. Doch im selben Moment, in dem ich ihn dafür auslachen wollte, dass er so dumm war sich vor den Karren spannen zu lassen, begriff ich, dass wir im Grunde das Gleiche wollten. Wir wollten, dass es aufhörte. Jeder auf seine Weise.

Hinter ihm formte sich eine Silhouette aus den Schatten, von der ich wusste, dass sie die ganze Zeit dort lauerte. Vaters Augen funkelten selbst in der Dunkelheit. Ich presste die Hand auf die Wunde. Mein Blut war klebrig warm.

«Steh auf!»

Ich folgte seinem Befehl, weil ich viel zu lang vor ihm in Dreck gekrochen war. Mit erhobenem Kinn zwang ich mich, ruhig zu atmen und seinem kalten Blick standzuhalten. Blut tropfte auf den Boden. Er hatte mich übel erwischt.

«Bring es zu Ende!» Mit mordlüsternem Glanz in den Augen beobachtete Vater, wie Peppin auf mich zu schritt. Der Degen lag ruhig in seiner Hand, als hätte er keine Skrupel einen solchen Auftrag auszuführen.

«Du hasst dich dafür», redete ich auf ihn ein und wusste doch, dass es keinen Sinn hatte.

«Du hättest sie einfach heiraten sollen», keuchte er mit rauer Stimme.

Mir blieb nur ein Weg. Als Peppin den Degen hob, stürmte ich auf ihn zu, wich seiner Waffe aus, stieß ihn zur Seite und rannte los. Aus den Stallungen hinaus, in die Weinberge. Aber Peppin kam mir nach, blieb mir dicht auf den Versen. Ich schlug einen Haken, unter dem mein Bein protestierte, schwankte stöhnend den Abhang hinunter auf die Straße zu.

Als ich dachte, er würde zurückfallen, hörte ich das Bellen. Es zerriss mein Trommelfell, brannte sich in meine Erinnerung.

Ich musste sie abhängen. Endgültig. Doch ich verlor zu viel Blut, zitterte unter den Schmerzen. Die Straße war zu weit entfernt.

Meine letzten Kraftreserven mobilisierend wechselte ich die Richtung, redete mir ein, dass ich keine Wahl hatte und wünschte, trotz dass ich sie hasste, sie alle zusammen, dass ich sie hätte.

Es tut mir leid.

Ich kann noch nicht gehen.

Mit allem, was noch in mir steckte, sprang ich über die Felskante. Der Boden traf mich hart. Ich rollte den Hang hinunter, bis eine Reihe von Rebstöcken mich stoppte.

Keuchend richtete ich mich auf. Ich zwang mich, weiterzulaufen, nicht zurückzusehen, nicht darüber nachzudenken, dass Peppin die sechs Mann tiefe Schlucht zwischen der oberen und der unteren Terrasse nicht kannte, dass er nicht wusste, dass er weiter springen musste als normalerweise. Ich taumelte weiter. Immer weiter. Auf die Straße zu. Nur die Straße. Ich zwang mich, den Schrei zu über-

hören, als der Fels den Mann verschluckte, der
mein Bruder hätte sein sollen.

21 décembre 1723

Meine Augen sind noch geschlossen, als ich den Hieb eines Stocks an meinem Bein spüre und zusammenfahre.

«Steh auf!», mault Giroux und schlägt noch mal zu.

Ich quäle mich in die Höhe, die Glieder noch steif von meiner unbequemen Position neben der Zellentür. Im Halbdunkel ist Giroux' Fratze noch verbitterter als sonst. Ohne dass er etwas tun muss, öffnet sich das Gitter und lässt ihn hinein. Jakub liegt noch immer reglos auf der Pritsche, auch wenn die Wunden inzwischen aufgehört haben müssen zu bluten. Ein Frösteln erfasst mich. Nein, er ist nicht tot. Er schläft. Einen unbekannten, tiefen Schlaf, aus dem ihn niemand wecken kann.

«Es gibt Arbeit.» Der Wirt schlägt den Stock gegen Gwens Rücken. Mein Körper will sich abwenden, als sie vornüberfällt, aber ein anderer winziger Teil hält sich an ihrem Blick fest, in dem so viel Sehnsucht steht, dass mir augenblicklich klar wird, warum ich vom ersten Augenblick an derart fasziniert von ihr war.

Aber ich kann nichts tun. Mein Geist ist ein Gefangener meines Körpers, und mein Körper folgt den Anweisungen des Meisters. Ich gehe nach unten, warte vor dem Kamin und bemerke nicht, dass ich ein Messer in der Hand drehe, als der Wirt mit dem Mädchen nach unten kommt.

«Du bindest sie an dem Stuhl fest», befiehlt er donnernd. Ich nicke und folge. «Und dann gehst du zum Hafen.»

Mein Blick fällt auf die Uhr, die den frühen Morgen verkündet. Die Bewohner der Stadt werden bald auf den Beinen sein. Sie werden zum Hafen gehen und ihre Einkäufe machen wollen und dann werden sie sehen, was Gwen getan hat. Tun musste.

Ich schlinge den Strick um Gwens dünnen Körper, verknote ihn hinter ihrem Rücken und hoffe, dass Giroux nicht merkt, dass er zu locker gebunden ist. Dann knie ich vor ihr nieder, fessle ihre Füße und schließlich ihre Hände. Sie sind eiskalt. Sie zittern. Ich verschränke meine Finger mit ihren, streiche mit dem Daumen über die weiche Stelle an ihrem Handgelenk und rutsche noch ein Stück weiter zwischen ihre Beine. Ich lasse den Blick über ihre verdreckten Kleider wandern und alles, was ich denke, ist, dass sie unendlich schön ist. Ich betrachte ihr wirres Haar und erinnere mich, wie es damals im Badehaus mit Wasserperlen besetzt war, wie sie mich abgewiesen hat, aus Angst, zu viel zu besitzen, was man ihr wegnehmen kann. Aus Angst, auch das Wertvollste zu verlieren, das sie hat: ihr Herz. Ich finde ihren Blick, halte mich daran fest, wie ich es seit dem Tag tue, an dem sie meine Hand geschüttelt und mich angesehen hat, als wäre ich ein Geist. Und dann gleitet ihr Blick zu meinem Mund.

«Was dauert da so lange?»

«Nichts.» Nur der Wunsch, sie nicht allein zu lassen, sie beschützen zu können. Wenigstens ein einziges Mal. Ich reiße mich los. Giroux reicht mir den Mantel, ich packe den Degen und wende mich zur Tür, ehe ich etwas Dummes tun kann.

«Sieh ihnen nicht in die Augen!» Gwens Worte sind eindringlich. Ich will sie ansehen, aber mein Körper verbietet es. Stattdessen mache ich mich auf den Weg zum Hafen. Durch tiefen Schnee, über vereiste Wege. Die Stadt erwacht vor meinen Augen zum Leben, während ich mich halbtot fühle.

Ich erreiche den Hafen vor den anderen und ohne Zwischenfälle. Die Statuen sind schon von Weitem sichtbar. Ich erstarre in sicherer Entfernung. Wenn ich diesen Menschen nicht noch vor wenigen Tagen leibhaftig gegenübergestanden hätte, würde ich glauben, sie wären perfekt gearbeitete Kunstwerke eines wirklich begabten Künstlers. Mein Blick verweilt nur auf ihren Füßen, doch je näher ich komme, umso anstrengender ist es, ihren starren Blick zu ignorieren. Lennys und Oliviers Eisaugen bohren sich in mich hinein, wollen, dass ich sie ansehe, aber ich zwinge mich, einen Gedanken festzuhalten: Giroux hat das alles gewollt. Er wusste, ich würde sie finden. Er wollte es.

Ich wende mich ab. Auftrag ausgeführt. Die Figuren stehen, wo sie sein sollten. Die Bewohner von St. Harbour bleiben davor stehen, als erstarrten sie selbst zu Eisskulpturen, fallen auf die Knie, als wären die beiden Männer nicht einfach nur irgendwelche Matrosen aus Übersee. Fischweiber beginnen zu weinen, Männer reiben sich den Schock aus dem Gesicht.

«Es ist so weit», klagt eine Alte, als ich an ihr vorübergehe. «Die Zeit ist gekommen.» Sie erhebt sich aus dem Schnee und reißt die Hände zum verdunkelten Firmament. «Große Mutter, steh uns bei. Lass uns nicht allein mit der Rache des Masineh.»

Andere machen es ihr nach. Ich ergreife die Flucht, bevor ich im Trubel untergehe.

Die Rache des Masineh. Der Gedanke verfolgt mich bis zum Gasthaus, bis in die Gaststube, bis ich Gwens blutende Unterarme sehe und erstarre.

«Haben sie das Zeichen erkannt?» Giroux würdigt mich keines Blickes. Vielleicht ist das besser, sonst würde er spätestens jetzt auf meiner Visage lesen können, dass ich nicht halb so abgestumpft bin wie seine anderen Seelensklaven.

«Haben sie», sagt mein Mund, während ich dabei zusehe, wie der Wirt eine Schale unter Gwens Handgelenk hält. Dunkelrotes Blut tropft hinein. Unablässig. Stete Tropfen. Gwens Lider flattern, als sie mich ansieht.

Ich will mich auf sie werfen, aber ich kann mich nicht bewegen. Giroux ist nicht dumm. Obwohl er glaubt, dass ich seine Marionette bin, war er weise genug, einen magischen Kreis um den Stuhl zu ziehen, auf dem Gwen sitzt. Er könnte mich aus meiner Starre entlassen und doch könnte ich nichts tun. Wieder einmal. Es wäre besser, wieder nichts fühlen zu können, als hilflos meiner Wut ausgeliefert zu sein.

«Es wird nicht lang dauern, bis sie aufbrechen. Aber die Silberrinde wird ihnen Mühe bereiten. Ich denke, in ein bis zwei Tagen werden sie es geschafft haben, den Baum zu fällen.»

Das Blut weicht aus meinem Gesicht wie das Meer, das bei Ebbe den Strand verlässt. Die Rache des Masineh. Sie wollen sich schützen. Aber was passiert mit Gwen, wenn der Baum stirbt?

Vor mir erstrahlt der Masineh in seiner alten Pracht, in seinem Blütenkleid mitten im Winter, mit seinen silbernen Ästen im Sonnenlicht. Die Blüte wird bald vorbei sein. Wahrscheinlich noch früher als sonst, weil Jakub und ich so viele Blüten für dieses vollkommen nutzlose Elixier vergeudet haben.

«Warum will der Baum sich rächen?»

Giroux lacht. Er zieht die stumpfe Seite des Messers über Gwens Arme, um auch den letzten Rest Blut in die Schale zu bringen, dann erhebt er sich. Groß, mächtig und umgeben von einer Dunkelheit, die ich bis in den letzten Winkel meiner zersplitterten, polarlichterleuchteten Seele spüre.

«Der Baum will überhaupt nichts. Er ist nur ein struppiges Gewächs in einer Höhle, dem die Leute hier zu viel Bedeutung beimessen. Die Fischweiber glauben, dass mit jeder Blüte irgendeine Kraft freigesetzt wird, die ihren Männern und den Seefahrern die Sinne raubt, sie hinaus in die Welt treibt. Sie bringen ihm Opfer, um ihre Männer zu schützen.» Ich halte meine Züge ruhig. Nicht der Baum treibt die Leute hier in den Wahnsinn, sondern die Tatsache, dass sie ihre Seelen an Giroux verlieren. «Gefrorene Männer sind in einer Prophezeiung enthalten, die die Rache des Masineh ankündigt. Angeblich will sich der Baum die Schulden zurückholen, die die Frauen nicht bezahlt haben.»

Gwen stöhnt, als die Fesseln fallen. Der Wirt bricht den Schutzkreis und ich stürze zu dem Mädchen, das in halber Ohnmacht vom Stuhl in meine Arme fällt.

Mach die Augen auf, Gwen! Bitte!

«Alles Aberglaube, bis auf die Tatsache, dass die Magie des Baumes direkt mit unserer Schönheit hier verbunden ist, und Macht kann nie verloren gehen. Sie wird nur weitergegeben.»

«Und wozu das ganze Blut?» Ich streiche Gwen das Haar aus dem bleichen Gesicht. Hinter meinen Augen beginnt es zu brennen. Vor Wut. Vor Hass. Vor Ohnmacht und Verzweiflung. «Eine reine Vorsichtsmaßnahme. Vögeln stutzt man die Flügel, einer Omigah zapft man Blut ab.» Ich schiebe meine Arme unter sie und stehe auf. «Bring sie in deine Kammer. Zwei Halbtote in einem Raum irritieren die Macht.»

Wieder nicke ich, ohne es zu wollen. Wieder tue ich, was er befiehlt. Gwen wiegt fast nichts und ich bete, dass dieser Umstand nicht ihrem Blutverlust geschuldet ist.

Ich bette sie auf meine Pritsche, bedecke sie mit allen Decken, die ich in den Nachbarzimmern finden kann, hole das Verbandszeug von Tinna und verbringe die nächsten Stunden damit, Gwens Wunden zu nähen, ihr Tee einzuflößen und sie warm zu halten. Es ist alles, was ich für sie tun kann, und zum ersten Mal frage ich mich, ob ich ihr das alles hätte ersparen können, ob ich sie hätte schützen können, wenn ich diesen Ort niemals betreten hätte.

«Wenn du lachst, gefällst du mir besser.»

Mehr als ein Zucken meines Mundwinkels bekomme ich nicht hin. Nicht mal für sie.

«Es ist nicht das erste Mal, dass er das getan hat, Evan.» Ihre Stimme ist nur ein Krächzen.

«Oh, das beruhigt mich sehr.»

Gwens Finger verschränken sich mit meinen. Ich schließe die Augen, lausche meinen eigenen Atemzügen und versuche mich daran zu erinnern, wie es ist, nicht wütend zu sein. Ohne Erfolg.

«Es ist das, was er von dir will. Er reizt dich, um dich zu testen. Je wütender du bist, umso leichter kann er dich kontrollieren.»

«Sie werden den Masineh fällen.» Ich suche in ihrem Gesicht nach irgendeiner Form von Überraschung. Doch sie lächelt nur traurig.

«Das wusste ich schon, als du uns hierhergebracht hast. Der Masineh fällt, ich werde von der Macht überworfen und der Seelenkristall wird aktiviert. Das war schon immer sein Plan.»

«Und wenn die Macht dich überwirft ...»

«Geschieht genau das, was du dir gerade ausmalst.» Durch ihre Augen huscht ein Schatten. Ihre Hände formen sich zu zwei Halbkugeln, die sie aufeinandersetzt. «Unsere Macht ist wie ein Gefäß. Erhalten wir zu viel, wird der Druck darin zu groß.» Sie formt eine Explosion und zuckt die Schultern.

«Wie kannst du nur so ruhig sein?» Ich springe von meinem Stuhl auf und vergrabe meine Hand in meinen Haaren.

«Weil du hier bist.»

Das Lachen kratzt in meiner Kehle.

«Ich war ja bisher auch so unendlich hilfreich.»

«Nur weil du nicht an dich glaubst, Evan. Du glaubst noch immer, dass es Jakub sein wird, der uns rettet, der die Rätsel löst. Du glaubst, es steht ihm zu, das zu tun und du hast recht, aber so geht das eben nicht.» Sie schlägt die Decke zurück und setzt sich auf, die Hände auf den Oberschenkeln abgestützt. «Du benimmst dich noch immer, als wäre das hier ein normaler Ort, als gäbe es keine Magie. Du versuchst, diese Schlacht mit altbewährten Mitteln zu schlagen, und ich sage dir, das wird nicht funktionieren.»

«Ich sehe dabei zu, wie du stirbst!», fahre ich sie an. «Ich habe keine Zeit, dieses ganze System zu durchschauen oder ein Teil davon zu werden.»

«Du bist längst ein Teil davon.» Sie wickelt die Verbände von den Armen und entblößt darunter nichts als verheilte Narben. Sie könnten Wochen alt sein.

Polarlichter.

«Nimm dir die Zeit, die Teile zusammenzusetzen», bittet sie leise.

Ich schüttle den Kopf und wende mich von ihr ab, um durch den Raum zu marschieren, ganz gleich, ob ich dafür in jede Richtung nur zwei Schritte brauche. Doch Gwen den Rücken zuzudrehen ist ein Fehler. Sie wirbelt mich herum, presst mich gegen die Wand, während sie noch immer auf dem Bett sitzt.

«Was tust du?», bringe ich unter dem Druck auf meiner Brust hervor.

«Ich verschaffe dir Zeit.» Gwen erhebt sich langsam von der Bettkante, kommt auf mich zu. Ihren leuchtenden Blick in meinen geschraubt. Bis sie bei mir ist. Bis sie ihre Fingerspitzen über meine Brust gleiten lässt. «Ich muss dir nicht sagen, wie unendlich dumm es war, deine Seele zu opfern.»

Ich versuche, nicht das Blau ihrer Augen zu studieren, mich nicht darin zu verlieren, wie ich es mir seit Wochen wünsche. Ihre Lippen formen sich zu einem Lächeln.

«Aber es hat auch etwas Gutes.» Ihre Hand legt sich in meinen Nacken. «Ich kann dir deine Seele nicht zweimal nehmen.» Sie streckt sich mir entgegen. Ihr Atem flüstert über meine Wange, als sie einen Kuss darauf haucht. «Denke nach, Evan!», wispert sie in mein Ohr, während ihre Finger die Knöpfe meines Hemdes öffnen. Hitze durchströmt mich, als sie ihre Hüfte an meine lehnt. Warme Hände legen sich auf meine nackte Haut, schieben meine Kleider nach hinten, zeichnen die Konturen meiner Brust nach. Ich packe ihre Handgelenke. Gwen tadelt mich mit ihrem Blick.

«Denkst du, ich kann nachdenken, wenn du das tust?»

«Ist es das erste Mal, dass dich jemand anfasst?», fragt sie mit schief gelegtem Kopf.

«Nein.» Nur waren sie nie so schön und ich habe sie nie geliebt und es war nie verboten, sie zu küssen, und verbotene Dinge zu tun gehörte damals noch nicht zu meinen Lieblingsbeschäftigungen.

Durch ihre Augen huscht ein wildes Funkeln. Sie zieht mich zu sich hinunter. Ihr Atem wird zu meinem, als sie lächelt.

«Dann lasse ich dir keine Wahl. Du bekommst erst, was du willst, wenn du tust, was ich dir sage. Ich lasse Giroux glauben, dass du Spaß hast, und du denkst nach!» Ihre Hand legt sich um mein Kinn. Sie zwingt mich, den Kopf zur Seite zu drehen, meinen Hals für sie freizulegen, bevor sich ihr Mund auf die Stelle senkt, an der mein Puls schlägt.

Mein Kopf fällt zurück gegen die Wand, während ihre Lippen ihren Weg über meine Haut finden. Langsam. Als hätten wir alle Zeit der Welt. Vielleicht haben wir das.

«Es wird nur schlimmer», säuselt sie zwischen zwei Küssen an meinem Schlüsselbein. Das Lächeln in ihrer Stimme ist unüberhörbar.

Meine Hände finden ihre Taille. Ich ziehe sie gegen mich, mehr als ich müsste, um ihr klarzumachen, wie sehr ich auf diesen Moment gehofft habe. Gwen legt ihren Finger an meinen Mund und schüttelt streng den Kopf. Widerwillig gebe ich sie frei. Zur Belohnung zeichnet sie mit einem süßen Kitzeln meine Lippen nach. Ich öffne den Mund, um meinen tiefen Atemzügen mehr Raum zu geben und im selben Moment nach ihrem Finger zu schnappen, ihn zu umschließen und den Geschmack ihrer Haut auf meiner Zunge wirken zu lassen.

Dieses Feuer in ihren Augen ist alles, was ich immer wollte.

Sie entzieht sich mir und studiert abwartend mein Gesicht. Ich verdrehe die Augen, bevor ich sie schließe. Nachdenken. Das System verstehen. Es gleicht einem Ding der Unmöglichkeit, ihre Berührungen zu ignorieren und sie gleichzeitig genügend wahrzunehmen, um nicht an den Rest der Welt zu denken, aber Gwen hat recht. Jakub ist ein Mensch, sein Fluch ist gebrochen und damit seine Aufgabe, die Rätsel zu lösen. Aber selbst wenn er es könnte, würden sein menschlicher Körper und die Verletzungen, die er trägt, es ihm nicht erlauben. Damit bin nur noch ich übrig. Ich atme tief durch. Zeit, mich auf meine Stärken zu besinnen.

Meine Flucht aus Frankreich war nicht wirklich geplant. Ich hatte mit dem Gedanken gespielt, mir ein Ziel überlegt. Hunderte Male hatte ich mir ausgemalt, wie es wäre, an einem anderen Ort aufzuwachen. Die Flucht selbst war mehr als überstürzt. Aber Ziele haben mir schon immer geholfen. Mein Ziel jetzt? Gwen zu retten. Immer noch. Sie befreien aus Giroux' Händen und von dem Fluch. Nicht, weil ich sie küssen will. Was ich natürlich will – in diesem Moment, als ihr warmer Atem über meine Haut streift, noch viel mehr. Aber sie soll frei sein, um jemanden zu lieben. Egal wen. Sie soll befreit sein von der Schuld, jeden in Gefahr zu bringen, der ihr Herz höherschlagen lässt. Nichts ist so wichtig wie dieses Ziel. Nicht einmal die Zurückerlangung meiner Seele. Falls das überhaupt möglich ist.

Nun, der einzige Weg, Gwen zu befreien, sind die Rätsel. Tinna sagte, sie seien die einzig wahre Rettung. Was auch immer das heißen soll, es klingt vielversprechend.

Der Blüte Schuld auf ewig dein, helfen kann der Bär allein.
Der Blüte Schuld ist das reine Herz, gefangen im Fluche der
Blinden. Der Blüte Schuld beglichen im Tage, kann ohne Lasten
entschwinden.
Der Blüte Schuld Rettung sei dem bestimmt, der sich zuerst
selbst erkennt.

Habe ich erwähnt, wie mies ich im Rätselraten bin?

Ich stöhne leise, was Gwen zum Anlass nimmt, ihre Finger ein weiteres Mal über dem Bund meiner Hose entlangwandern zu lassen. Jeder Muskel meines Körpers spannt sich gleichzeitig an.

«Mach weiter!», flüstert sie gegen meine Haut und spricht damit aus, was ich denke.

Um nicht vollkommen den Verstand zu verlieren, presse ich mich gegen die kühle Wand. Oh, ich werde ihr jede Berührung heimzahlen! Ich lenke meine Gedanken zurück zu den Rätseln und gleiche sie mit dem ab, was ich schon weiß. Tinna sprach davon, dass man zu einem Bären werden muss, um die Rätsel zu lösen. Das deckt sich mit dem ersten Spruch. Der Bär ist der Meister seiner Kräfte. Wie sagte Tinna? Ein Krafttier, das sich vollkommen an seine Lebensumstände anpasst, eine starke Verbindung zu seinen Nächsten eingeht, sich bis in sein Inneres zurückziehen kann und seine eigene Wut perfekt unter Kontrolle hat. Ehrlich, das klingt nach einer Menge Arbeit und vor allem nach Selbstbeherrschung, die mir, vor allem im Moment, mehr und mehr abhandenkommt.

Blüte und Schuld. Obwohl ich sie dort nicht haben will, dringt Giroux' Stimme in meinen Kopf und damit alles, was er über den Masineh gesagt hat. Die Fischweiber schulden dem Baum etwas. Das ergibt wenig Sinn, aber vielleicht muss trotzdem etwas zurückgezahlt werden. Nur nicht von den Frauen, sondern von jemandem, der in einem Fluch gefangen ist. Dafür kommen nicht mehr ganz so viele Leute in Frage. Gwen stand unter dem Fluch der Blinden, als Lenny sie in der Höhle unter dem Leuchtturm versteckt hat. Ihr Herz ist eines der reinsten, die ich kenne, obgleich ich das wohl nicht unvoreingenommen beurteilen kann, solange ihre Hände und Lippen meinen Körper erforschen. Ich spüre ihr Grinsen an meiner Haut, als könnte sie erraten, was ich denke.

Jakub stand auch unter einem Fluch. Er hat magische Fähigkeiten und ist so mit dem Baum verbunden. Ob sein Herz rein ist? Gute Frage. Vielleicht kenne ich ihn nicht gut genug, um das sagen zu können.

Die Sache mit dem reinen Herzen ist verzwickt. Kein Herz ist absolut rein. Trotzdem ist es das, was Gwen wieder und wieder über mich gesagt hat, was mich, zumindest in ihren Augen, von Anfang an zu einer Anomalie in diesem System gemacht hat. Aber wieso sollte ich die Schuld des Masineh sein? Ich bin nicht mit ihm verbunden.

Die Schuld muss im Tage beglichen werden. Die Blüte endet drei Tage nach der Wintersonnenwende, also am 24 décembre. Ohne Lasten entschwinden. Vielleicht die Abwendung der Rache des Baumes, obwohl das laut Giroux sowieso Aberglaube ist. Wenn Gwen die Schuld des Masineh ist, könnte auch ihr Fluch gemeint sein.

Ich reiße die Augen auf. Gwen blickt erschrocken von meinem Unterarm auf, den sie bis eben noch mit Küssen bedeckt hat.

«Es ist verdreht», murmle ich. Das Rätsel ist verdreht. Ich glaubte, es wäre eine Anleitung, aber was, wenn es aus der Sicht des Baumes verfasst ist?

Ein Prickeln kriecht meine Wirbelsäule empor. Der Baum will die Schuld für sich haben. Er verlangt sie zurück, um sie auf ewig zu besitzen. Gwens Fähigkeit, Seelen zu ernten, leitet sich direkt aus der Macht des Baumes ab, hat Jakub gesagt. Damit ist das die einzige Schuld, die wirklich Sinn ergibt.

«Hattest du schon immer die Fähigkeit, Seelen zu ernten?», frage ich Gwen, die dazu übergangen ist, nur noch ihre Hände über meine Haut gleiten zu lassen und mich zu beobachten.

«Ich weiß es nicht. Die Schwerkraft konnte ich schon außer Kraft setzen, als ich noch klein war. Von der Sache mit den Seelen hat mir erst mein Vater erzählt, als ich schon älter war.»

Vielleicht ist diese Fähigkeit erst später dazugekommen. Vielleicht ist die Macht des Masineh missbraucht worden, um sie an Gwen zu übertragen. Oh, ich kenne nur eine Person, die für solche Machenschaften in Frage kommt.

Egal wie, der Baum fordert genau diese Fähigkeit zurück und der Bär ist der Einzige, der dazu imstande sein wird, die Schuld zurückzugeben. So muss es sein.

Und der blöde Bär und die Selbsterkenntnis aus dem letzten Rätsel? Wie hängt das zusammen? Ich habe das bereits gelöst, als ich den Leuchtturm geöffnet habe. Ich bin es gewesen. Nicht Jakub. Ich habe tief in mein Inneres gelauscht, mich darin zurückgezogen, wie ich es schon immer getan habe, um mich vor meinem Vater zu schützen. Kann das sein?

Ich packe Gwens Hände.

«Wie kann ich meine Seele zurückerlangen?»

«Solange sie im Kristall ist, überhaupt nicht.»

«Und wie kriegt man sie aus dem Kristall?»

«Indem man ihn zerstört, denke ich. Aber ich habe nie davon gehört, dass das jemand geschafft hätte.»

Bevor sie weiß, wie ihr geschieht, wirble ich herum und presse jetzt sie gegen die Wand. Ihre Hände halte ich über ihrem Kopf gefangen, als ich meinen Mund an ihr Ohr bringe.

«Du hast mir eine Belohnung versprochen», erinnere ich sie leise und schiebe mich demonstrativ zwischen ihre Beine.

Ihre blauen Augen funkeln mich von der Seite an.

«Hol sie dir doch.»

Ich liebe den Klang ihrer Stimme, aber wenn sie so spricht wie jetzt, rau und kratzig, gehetzt, weil sie nicht schnell genug atmen kann, dann raubt sie mir schier den Verstand. Aber ich will nicht, dass es so passiert. Ich gebe ihre Hände frei und lege meine an ihre Wangen. Meine Daumen ziehen Kreise auf ihrer Haut, und die Sehnsucht in ihren Augen entschädigt tausendfach für alles, was geschehen ist. Ihre Hände finden meine Seite. Natürlich unter dem Hemd, was meinen gesamten Körper mit einem heißen Schauer überzieht, aber ich warte geduldig, bis Gwen sich zu mir lehnt. Bis sie verstanden hat, dass dieser Moment ihr gehört. Es ist die einzige Freiheit, die ich ihr jetzt schenken kann.

Sie lächelt, bevor sie mich zu sich zieht. Unsere unregelmäßigen Atemzüge mischen sich, als ihre Lippen auf meine treffen und sie mich küsst, als wäre es das Letzte, was sie in ihrem Leben hat tun wollen.

Nichts an unserem Kuss ist vorsichtig. Oder zurückhaltend. Gwen greift nach allem, was ich bin, mit allem, was sie ist. Ungezügelt. Fordernd. Wild. Ihre Finger vergraben sich in meinem Haar, ziehen daran, bis ich mich von ihr lösen muss. Auf ihren Lippen liegt das dunkelste Lächeln, das die Welt je gesehen hat.

«Wirst du jemals damit aufhören?», knurrt sie leise.

«Womit?»

Sie macht sich ein Stück größer, um mir in die Augen sehen zu können.

«Dich zurückzunehmen.»

Jetzt bin ich es, der lächelt. Ich nehme ihre Hände von mir und presse sie zurück gegen die Wand. Dann fixiere ich sie mit einer Hand und lege die andere um ihr Kinn, wie sie es getan hat. Das Lächeln schwindet von ihren Lippen, weicht dem Verlangen, das ich immer an ihr sehen wollte, wenn sie mich ansieht. Ich nähere mich ihrem Mund so weit, bis meine Lippen fast ihre berühren. Fast. Statt sie zu küssen, lasse ich meine Hand nach unten wandern. Ihren Hals hinab, zwischen ihren Brüsten entlang, ihren Bauch hinunter. Ich kralle mich in den Stoff ihres Kleides und ziehe sie mit einem Ruck gegen mich. Gwen keucht vor Schreck und ich versiegle ihre Lippen mit meinen, bevor ich sie aus meinem Griff entlasse und die Arme um sie schließe.

«Bald», verspreche ich. «Aber zuerst habe ich ein paar Dinge zu erledigen, und dazu brauche ich Jakub.»

Die Erwähnung ihres Bruders kühlt Gwen deutlich ab. Sie streicht sich das Kleid glatt und räuspert sich. Mir gefällt die Röte auf ihren Wangen.

«Ich muss versuchen, ihn zu heilen, aber ohne Giroux' Befehl komme ich nicht in die Zelle.»

«Mein Bruder wird dich vermutlich umbringen, wenn er hiervon erfährt.»

Ich küsse sie ein letztes Mal auf die Schläfe.

«Das Risiko gehe ich ein.»

Sobald Gwen die Zelle betritt, wird sie zu einer anderen Person. Obwohl das Strahlen nicht aus ihren Augen verschwindet, schrumpft ihre ganze Erscheinung zusammen. Als wäre dieses Gefängnis nicht nur ein abgeschlossener Raum, sondern auch ein Zauber, der ihre Kräfte in Schach hält.

«Breite Decken und Kissen an der Tür aus!», weist sie Tinna an, die ihrer Schwester ohne Fragen zu stellen zur Hand geht. Gwen begutachtet unterdessen ihren Bruder. Noch immer bleich. Noch immer leblos.

«Bist du sicher, dass du das machen willst?», reißt mich Tinna aus meinen Gedanken.

Ich nicke nur und beobachte, wie Gwen ihre Gabe einsetzt, um Jakub anzuheben, durch den Raum schweben zu lassen und ihn hinter dem Gitter auf den Kissen abzulegen, die Tinna hergerichtet hat.

«Ich kann ihn nicht komplett heilen, oder?» Sinnlose Frage. Die paar Polarlichter in meinem Inneren reichen gerade für das Nötigste.

«Du vielleicht schon, aber Jakubs Energie reicht nicht, um deine Lichter zu füttern.»

Auch wieder wahr. Polarlichter nehmen mehr, als sie geben.

Da ich keine Ahnung habe, wie ich imstande war, Gwen zu heilen, versuche ich es erst gar nicht. Wie auch bei ihren Wunden lasse ich mir feuchte Tücher reichen, wische die Verletzungen aus, trockne sie anschließend, reibe sie mit einer Salbe ein, die grünlich schimmert, sobald sie auf sein Blut trifft. Immer wieder überprüfe ich seine Atmung, doch sein Brustkorb hebt und senkt sich nur schwach. Aus dem Augenwinkel nehme ich wahr, wie Gwen Tinna eine Hand auf die Schulter legt und sie in den hinteren Teil des Zimmers führt. Sie setzen sich auf die Pritsche und schweigen.

Jakubs Wunden heilen nicht. Blut quillt wieder aus ihnen hervor. So sehr ich mich auch auf sie konzentriere. Die Tücher färben sich dunkelrot. Seine Hände beginnen zu zittern.

Ich atme tief ein und aus. Bei Gwen war ich wütend auf mich selbst, weil ich sie nicht schützen konnte. Jakub habe ich selbst in diese Lage gebracht. Wütend bin ich auch darüber, aber es fühlt sich anders an. Ich nehme seine kalte Hand in meine. Wir wollten immer das Gleiche: Gwen beschützen. Er war wohl deutlich erfolgreicher als ich. Er ist ein Teil von ihr, der so wichtig ist, dass sogar ich es sehen konnte. Schließlich habe ich meine Seele geopfert, um zu verhindern, dass Gwen zu sich kommt und feststellt, dass sie einen der ihr wichtigsten Menschen und einen der wenigen, die sie frei lieben kann, umgebracht hat.

Schritte poltern auf der Treppe. Nicht jetzt! Giroux' Stock kratzt über die Dielen im Stockwerk unter uns, aber ich kann ihn schon fühlen, als sitze er mir im Nacken.

«Mach schon, Jakub!», knirsche ich. Er rührt sich nicht. Ich drücke seine Hand so fest, dass sie brechen müsste, was ihm nichts ausmacht, weil er schließlich übermenschlich stark ist. Giroux nimmt die letzte Treppe in Angriff. Ich sammle zum letzten Mal alle Wut, die in mir steckt und finde dabei auch welche für ihn. Wenn Jakub mir früh genug anvertraut hätte, was er ist, hätten wir das hier vermutlich längst über die Bühne gebracht. Ohne Entführungen. Ohne Flüche und den Verlust meiner Seele. Du bist ein sturer Esel, Jakub!

Giroux' Stock schlägt gegen die Wand. Er sagt etwas, aber ich höre ihn nicht. Stattdessen dringt Jakubs tiefer Atemzug an mein Ohr. Seine Brust bläht sich, seine Lider flattern, ehe er die Augen aufreißt und nach Luft ringt, als wäre er unter Wasser gewesen. Gwen ist sofort bei ihm, zieht ihn vom Gitter weg und bedeckt ihn mit allen Decken, die sie auf die Schnelle greifen kann.

«Was tust du da?» Giroux packt mich am Kragen und zerrt mich hoch.

«Sie hat es verdient.» Sie haben es alle verdient, dass er leben kann. Ich rede weiter, bevor Giroux die richtigen Schlüsse zieht. «Salz in seinen Wunden scheint ihm nicht so gut zu bekommen. Er ist von den Schmerzen aufgewacht.»

Der Wirt stößt ein Lachen aus.

«Was hat sie getan, dass du zu solchen Mitteln greifst? Ich dachte, ihr hattet Spaß?»

Ich zucke die Schultern und fixiere Gwens Blick. Selbst im Dunkel der Zelle schimmert das Blau ihrer Augen wie der Ozean im Mondlicht.

«Sie hat mich ein bisschen zu sehr gereizt.» Sie funkelt mich gierig an. Die Röte kehrt auf ihre Wangen zurück. Es kostet mich alle Kraft, ein Grinsen zu unterdrücken.

Jakub hustet. Er krümmt sich in den Armen seiner Schwester und ich kann seine Zähne knirschen hören. Selbst seine übermenschliche Stärke schützt ihn nicht vor den Schmerzen, was nur eine kleine Zurschaustellung der Macht des Wirtes ist, wenn er nach so vielen Jahren noch leidet.

«Ich wusste doch, dass mehr in dir steckt.» Giroux schlägt mir auf die Schulter. «Aber jetzt haben wir ein paar Vorbereitungen zu treffen.»

«Vorbereitungen?»

«Für Sentimentalitäten hast du vielleicht später noch Zeit, Mädchen», mault er Gwen an. «Richte den Gastraum her. Es ist Wintersonnenwende.»

Gwen schenkt ihrem Meister den finstersten Blick, den man sich vorstellen kann. Mich beruhigt die Tatsache, dass sie ihn genauso ansehen würde, wenn kein Gefängnis sie vor ihm schützen würde. Sie ist kein scheues Häschen.

«Und du gehst in die Schneiderei», ordnet der

Wirt an. «Kaufe dir etwas, das dem Anlass würdig ist.»

Etwas zu finden, das dem Anlass würdig ist, ist eine größere Herausforderung, als es der Leuchtturm, der Kampf mit Gwen und meine Selbstbeherrschung gegenüber Giroux zusammen waren. Die Schneiderei ist leider auf Herrenmode spezialisiert. Farben und Formen en mass. Für jeden Wunsch etwas dabei, ganz wie es das Schild über ihrer Eingangspforte verspricht. Nur leider suche ich nicht nur nach Herrenmode.

«Sie werden nach ihr fragen», unternehme ich danach einen weiteren Versuch, Monsieur Giroux davon zu überzeugen, dass Gwen unter allen Umständen bei dem Fest dabei sein muss. «Und wenn sie sie oben in der Zelle finden, wird es einen Aufstand geben.»

Es fühlt sich mehr als falsch an, so mit ihm zu reden. Seine Macht unterdrückt mich in meinem ganzen Sein, das kann ich deutlich spüren. Diese Übermacht zu umgehen, ohne dass er es merkt, ist ein Drahtseilakt. Aber die Geschwister müssen auf dieses Fest gehen. Einerseits, weil sie es verdient haben, andererseits, weil Gwen mir Zeit verschaffen muss, damit ich mit Jakub sprechen kann. In Ruhe und ohne lauschende Ohren.

«In meinem Haus habe ich durchaus Mittel und Wege, das zu verhindern», poltert der Alte, als hätte ich seine Macht in Frage gestellt.

«Trotzdem wird die Aussicht auf Freigang dafür sorgen, dass das Mädchen sich mehr Mühe gibt.» Ich schließe mit einer vagen Bewegung den Gastraum mit all seinem Mobiliar ein. Alles ist nur notdürftig hergerichtet, als stünde ein normaler Arbeitstag bevor. Gwen weiß sich zu widersetzen. «Obwohl wir natürlich auch selbst Hand anlegen können.»

Aber weil ich Giroux noch nie habe arbeiten sehen ...

«Dann lüg sie an.»

«Ich habe bereits ein Kleid gekauft», platze ich heraus. Finster ist keine Beschreibung für die Dunkelheit, die sich über seine Visage legt. «Ich kann es nicht mehr zurückgeben.»

Der Stock des Wirtes schleudert herum. Mit einer glatten Bewegung schlägt er mir die Beine weg und ich falle zu Boden. Mit dem Hinterkopf gegen eine Sitzbank. Ich fahre mir über die Stelle, schließe die Augen, um den Schmerz zurückzudrängen.

«Für wen hältst du mich?», fragt er herrisch, aber ich unterstehe mich, ihm eine Antwort zu geben. Seine Hiebe treffen mich in den Bauch, in die Seite, gegen die Arme. Ich stöhne auf. «Sie wird es tragen», knurrt er gefährlich leise, «aber nur weil sie noch ein paar Dienste erledigen muss.»

Beim Gedanken daran, was der Alte unter ihren Diensten versteht, dreht sich mir der Magen um. Ich unterdrücke meine Wut, auch wenn ich mich dazu in einen Spalt zwischen den Dielen krallen muss.

«Du wirst sie im Auge behalten. Sie kann das Haus zwar nicht verlassen, aber ich bin nicht so naiv, darauf zu vertrauen.»

22 décembre 1723

Die Nacht ist wild, die Männer betrunken und die Frauen vom Fest so berauscht, dass sie auf den Tischen tanzen. Wenn ich geglaubt habe, das Winterfest wäre ein Fest gewesen, ist das hier ein Spektakel.

Ich halte mich gekonnt im Hintergrund, versuche niemandem ins Auge zu fallen und vor allem von niemandem angesprochen zu werden. Bis jetzt läuft es ganz gut, sofern man den Umstand außer Acht lässt, dass Gwen zu einer Form von sich selbst geworden ist, die mir absolut nicht gefällt.

«Oh, das würde ich nur zu gern sehen», säuselt sie gerade neben mir einem Seemann zu, der ihr lang und breit davon berichtet hat, dass er irgendwelche Kunststücke vollführen kann, weil er früher Artist bei einem Zirkus war. Wen interessiert's?

Ich unterdrücke ein ständiges Augenrollen und meinen Drang, jedem, der Gwen auch nur ansieht, eine Flasche über den Schädel zu ziehen. Die Alternative sind kleine, regelmäßige Schlucke von meinem Rum. Ich hätte ihr dieses Kleid nicht kaufen sollen. Ich hätte ein braunes nehmen sollen, unauffällig und nicht so edel wie dieser mitternachtsblaue Ozean von einem Stoff, der so zart um ihre Figur fließt, dass man natürlicherweise gezwungen ist, sie zu begaffen.

Der Typ grinst breit und zieht sie an der Taille näher zu sich.

«Dann lass uns woanders hingehen und ich zeige es dir.»

Ich verschlucke mich fast. Bevor ich jetzt und hier den teuren Rum auf Gwens wunderschönes Kleid spucke, stelle ich den Becher ab und entferne mich genau so viele Schritte, dass ich sie noch sehen, aber nicht mehr hören kann.

«Du siehst aus, als könntest du etwas Flüssiges vertragen.» Jemand hält mir einen neuen Becher unter die Nase, den ich dankend annehme. Mein Mund ist eine Wüste, so heiß ist es hier drin. Wenn ich mich so umschaue und all die nackte Haut sehe, bin ich wohl nicht der Einzige, der das so empfindet. Das Mädchen vor mir ist mit Sicherheit zu jung, um diesem Fest beizuwohnen, und trotzdem schenkt sie mir ein betörendes Lächeln, während sie beobachtet, wie ich den Becher leere. Dann nimmt sie ihn mir aus der Hand und streift dabei meine Finger.

«Lass uns tanzen gehen», sagt sie mit belegter Stimme und einem Augenaufschlag, der mir einen Vorgeschmack darauf gibt, was sie mit Tanzen meint.

Bevor ich etwas erwidern kann, schlägt ihr eine Welle eiskalten Wassers ins Gesicht. Der Eimer dazu liegt in Gwens Händen, die zum ersten Mal so aussieht, als wäre sie überfordert.

«Ich dachte, sie hätte eine Abkühlung nötig», rechtfertigt sie sich mit einem Achselzucken.

«Du widerwärtige Schlampe!», faucht das durchnässte Mädchen und hechtet auf Gwen zu.

Ich stelle mich dazwischen. Nicht, dass Gwen sich nicht zu verteidigen wüsste. Aber ich muss die Aufregung loswerden, die mein Herz Purzelbäume schlagen lässt.

«Das wirst du bereuen, das schwöre ich dir!», zischt das Mädchen, als sie in meine Hand läuft. Ihr helles Kleid ist inzwischen durchsichtig geworden.

«Geh nach Hause», rate ich ihr leise. «Du solltest dich umziehen.» Mein Seitenblick gilt Gwen, die rot anläuft. Erfreulicherweise befolgt das arme Kind meinen Rat. Sie stolziert an Gwen vorüber, rempelt sie dabei an der Schulter an und verschwindet dann zwischen den umstehenden Männern, die mit großen Augen ihre Brüste durch ein halbdurchsichtiges Kleid anstarren.

«Ich glaube, das war ...»

«Ein bisschen übertrieben?», vollende ich Gwens Satz und mustere ihre verlegene Miene. Sie knetet ihre Hände. Ich weiß nicht, wie lang es her ist, dass ich diese Geste gesehen habe, aber sie sorgt dafür, dass ich mein Grinsen nicht länger unterdrücken kann.

«Sie ist selbst schuld», zuckt Gwen wieder die Schultern. «Sie hätte dich nicht anfassen sollen.»

Ich gehe einen Schritt näher auf sie zu. Meine Hand streift ihre. Unauffällig. Verborgen. Genauso leicht, wie das Mädchen mich berührt hat.

«Das war alles», erkläre ich. Trotzdem rast mein Herz.

«Es hat gereicht.» Gwens Stimme klingt gepresst. Sie weicht meinem Blick aus und starrt stattdessen den Boden zwischen uns an.

«Das heißt also, du darfst dir von fremden Männern Geschichten über ihre ‹Kunststücke› anhören, und mich darf niemand ansehen?», stichle ich und beobachte amüsiert, wie Gwen mich mit einem Funkeln in den Augen ansieht.

«Oh, von mir aus können sie dich ansehen. Vom anderen Ende des Raumes beispielsweise.» Ich nicke verständig und mit einem breiten Grinsen im Gesicht. «Ich kann sie ja schlecht davon abhalten.»

Ich beuge mich zu ihr und senke meine Stimme.

«Und wenn du es könntest?»

Sie beißt sich auf die Lippe, legt ihre Hand an meine Brust und lässt ihre Finger darauf Kreise ziehen. Ihr Blick schraubt sich in meinen.

«Ich bin nicht so selbstlos wie du», raunt sie gefährlich leise. «Wenn ich könnte, würde ich dich ans andere Ende der Welt verschleppen und dafür sorgen, dass du nur mir allein gehörst.»

Das hätte sie nicht sagen sollen.

Ich mache einen Schritt auf sie zu, zwinge sie, rückwärts zu gehen, bis sie gegen die Theke stößt. Sie stützt sich mit den Armen darauf ab und legt den Kopf schief. Eine Herausforderung. Meine Hand packt sie wie von selbst an der Hüfte und presst sie gegen meine. Als hätte ich nie etwas anderes getan. Als wären wir für genau das hier geschaffen. Ich lehne mich zu ihr. Der Duft ihrer Haut strömt mir in die Nase, vernebelt meine Sinne und lässt ein Verlangen von mir Besitz ergreifen, das ich keine Sekunde länger zurückhalten kann.

Ich will sie. Hier und jetzt. Sofort.

Alles, was mich davon abhält, ist der Druck ihrer Hand gegen meine Brust.

«Was ist dein Plan?», fragt sie strategisch. Ich stöhne auf, was ihr immerhin ein helles Lachen entlockt, und sortiere dann meine Gedanken. Bei dem, was ich von ihr verlangen muss, laufen mir kalte Schauer den Rücken hinunter.

«Kannst du ihn noch mal ablenken? Nur für ein paar Minuten?» Gwen presst ihre Lippen zu einem schmalen Strich aufeinander, weil sie genau weiß, was ich mit Ablenkung meine. «Solange du oben bist, wird er keinen Verdacht schöpfen, wenn ich auch oben bin», erkläre ich hastig. «Ich spreche mit Jakub und dann komme ich zu dir und …» Verpasse dem, der dich dann gerade anfasst, eine Lektion, die er sein Leben lang nicht vergessen wird. Ich koche schon vor Wut, wenn ich mir nur ausmale, was ich zu Gesicht bekommen werde.

Gwen nickt. Kein Funkeln in den Augen. Kein Strahlen im Gesicht.

«Danke», flüstere ich ohne Stimme und lehne meine Stirn gegen ihre. «Dir wird nichts passieren, das schwöre ich dir.»

«Beeil dich einfach.» Damit stößt sie mich in einem kräftigen Ruck von sich.

Ich taumle rückwärts, remple gegen eine Gruppe von Matrosen, die mich wegschubsen. Giroux' Visage taucht zwischen den Umstehenden auf. Mit schmalen Augen gleitet sein Blick zwischen Gwen und mir hin und her. Gwen hält mir warnend ihren Finger unter die Nase.

«Fass mich noch einmal an und du bist tot!» Ihre Stimme lässt keinen Zweifel an der Ernsthaftigkeit ihrer Worte. Sie stolziert an mir vorbei. Ich starre ihr nach und denke, dass wenn ich sie jetzt einfach an mich ziehen würde, sie küsse, bis wir von uns selbst verzehrt werden, vielleicht tut dann dieses magische System endlich etwas Sinnvolles und verschlingt uns mit Raum und Zeit. Ich presse den Kiefer zusammen und dränge damit jede Fantasie zurück, die mich etwas Dummes tun lassen könnte. Obgleich etwas Dummes zu tun beim Anblick von Gwens Rückseite in diesem verdammten Kleid eine unglaubliche Verlockung darstellt.

«Komm mit!», reißt Giroux mich aus meinen Gedanken. «Wir haben zu tun.»

«Ich dachte, ich soll sie nicht aus den Augen lassen?»

Er knurrt nur und geht voran. Mein Blick gleitet ein letztes Mal zu Gwen, die gerade von einem offenbar südländischen Capitaine angesprochen wird.

Mir läuft die Zeit davon. Gwen ist vor zehn Minuten mit dem Capitaine nach oben gegangen und Giroux denkt nicht einmal daran, mich aus meiner Starre zu entlassen.

«Du sorgst dafür, dass alle Wege aus der Stadt verschlossen oder versperrt sind», ordnet er an. «Und wenn ich sage, alle Wege, dann meine ich auch wirklich alle.»

Ich denke an den Geheimgang, den wir auf unserem Weg zum Leuchtturm genutzt haben. Ob er davon weiß?

«Aye», antworte ich abwesend und trete von einem Bein auf das andere. «Sie werden den Baum zum Hafen schleppen und dort seine Überreste verbrennen. In dieser Zeit riegeln wir jede Fluchtmöglichkeit ab. Keiner entkommt.»

Nach seinem Plan wird Gwen dann längst tot und der Kristall aktiviert sein. Ich nicke trotzdem. Mit den Gedanken im Stockwerk über uns, wo das Poltern der Schritte verklungen ist. Mach schon, alter Mann!

«Und jetzt bringst du den Kristall an seinen Platz.»

Nein!

«Das Fest ist in vollem Gange», merke ich an.

«Eben. Niemand wird bemerken, was du tust. Außerdem kann er nur heute Nacht bewegt werden. Um zwei Uhr endet die dunkelste Stunde. Bis dahin solltest du ihn in den Katakomben unter den Ruinen des Badehauses platziert haben.»

Das ist in weniger als dreißig Minuten!

«Ich habe den Kristall als ziemlich groß in Erinnerung. Das Mädchen könnte mir mit seinen Fähigkeiten zur Hand gehen.»

Er stößt ein Lachen aus.

«Du brauchst die Hilfe einer Frau, um einen Stein zu bewegen?» Giroux schüttelt den Kopf. «Sie ist beschäftigt und wird es wohl noch eine Weile sein.» Fahr zur Hölle! «Wenn du dich so schwer damit tust, solltest du dich beeilen. Erreicht der Kristall seinen Platz nicht, muss ich die Kleine ausbluten lassen, um die Macht zu nutzen. Wie ich mich erinnere, hat dir das letztes Mal nicht besonders gefallen.» Seine Visage verzerrt sich zu einem provokanten Lächeln. Natürlich ist ihm nicht entgangen, dass zwischen Gwen und mir eine Energie pulsiert, die er nutzen kann. «Ich sehe, wir verstehen uns.» Damit drückt er mir einen groben Eisenschlüssel in die Hand und deutet zur Tür. «Der Kristall ist in der Heukammer.»

Der Kristall ist riesig und schwer, und die Zeit rinnt mir durch die Finger. Gwen wird den Capitaine hinhalten. Solange das eben möglich ist. Ich habe versprochen, dass ich komme.

Auf das Gespräch mit Jakub mache ich mir schon lange keine Hoffnung mehr. In Windeseile zerre ich den Kristall auf einem schlittenartigen Gefährt durch die Gassen, was sich bei dem meterhohen Schnee als eine wahre Plackerei herausstellt. Einmal kippt er um. Ein anderes Mal fällt er vom Schlitten auf den gefrorenen Schnee und gibt ein Klirren von sich, das alles andere als gut klingt. Glücklicherweise scheint Gwen recht zu haben. Der Kristall ist so gut wie unzerstörbar.

Sieben Minuten vor zwei erreiche ich die Ruine des Badehauses. Ich versuche, die Erinnerungen zurückzudrängen, die dieser Ort heraufbeschwört. Das Holz riecht noch immer nach Qualm. Aus dem Augenwinkel sehe ich Flammen züngeln, die es nur in meiner Fantasie gibt.

Die Luke zu den Katakomben liegt zwischen den Trümmern verborgen. Ich steige hinab, den Kristall im Arm, auf jeden Schritt und jeden Gedanken bedacht.

Zwei Minuten vor zwei platziere ich den Kristall auf einer dafür vorgesehenen Halterung, die ihn schweben lässt. Ich weiß nicht, was daran besonders ist. Es ist mir auch egal. Doch gerade, als ich mich abwenden will, beginnen die dunklen Schlieren hinter dem Glas zu tanzen.

Einer dieser schwarzen Nebel ist meine Seele. Ob sie wirklich schwarz ist?

Ich schüttle den Gedanken ab und entdecke im selben Moment eine bläulich schimmernde Linie um das obere Ende des Seelenofens. Bei näherer Betrachtung sieht es fast aus wie ein Riss. Nur hauchfein und kaum der Rede wert.

Mit spitzen Fingern fahre ich darüber. Man spürt die Bruchstelle kaum, aber sie beginnt zu leuchten, als ich sie berühre. Zuerst denke ich, dass das durch die Wärme meiner Haut verursacht wird. Doch das Licht wird immer heller, strahlt nach allen Seiten, als suche es nach etwas, nur um im nächsten Moment mit einer unheimlichen Schwärze zu verschwinden und etwas in sich einzuschließen. Eine Seele.

Nein!

Ich nehme die Beine in die Hand, verschließe die Katakomben, sprinte zurück zum Gasthaus und stürme die Treppe nach oben, bevor Giroux auch nur bemerkt, dass ich zurück bin. Nur eine Tür ist geschlossen.

Mit aller Kraft trete ich gegen das Holz, bis es nachgibt, die Tür in den Raum fliegt und den Blick auf die Gestalt freigibt, die im Dunkel des Zimmers in der hintersten Ecke hockt. Ich versuche meine Atmung unter Kontrolle zu bringen, während ich mich vorsichtig dem Bett nähere. Als ich direkt vor ihr stehe, strecke ich meine Hand aus, um Gwens Arm zu berühren, doch sie schlägt sie weg.

«Gwen», hauche ich, als würde ich mit einem scheuen Wildtier sprechen. «Ich bin es.»

Ihre Macht versetzt mir einen Stoß. Mit einem Krachen bricht das Holz unter meinem Körper, als ich gegen die Wand geschleudert werde. Stechender Schmerz schießt in meinen Hinterkopf und wird schnell von einer Wärme abgelöst, die ich sofort erkenne, weil ich sie durch die Schläge meines Vaters tausendfach gespürt habe. Blut.

«Wo bist du gewesen?» Gwen lässt es klingen wie eine Frage, aber ich weiß, dass es keine ist.

«Ich musste ...»

«Du hast versprochen zu kommen!» In wenigen Schritten durchmisst sie den Raum. Sie baut sich vor mir auf, umgeben von einem Nebel ihrer Macht, der mir den Atem nimmt. Ihr Rock hängt in Fetzen.

«Es tut mir leid», bringe ich die einzigen Worte hervor, die Sinn ergeben und weiß doch, dass es zu wenig ist. Ich habe zu viel verlangt. Ich habe mein Versprechen gebrochen, Gwens Vertrauen missbraucht.

«Er wusste von meiner Fähigkeit», fährt sie mich an. «Er hat versucht, mich mitzunehmen.» Mit einer fließenden Bewegung nimmt sie ihr offenes Haar zusammen und hält es nach oben, sodass ich ihren Hals sehen kann. Dunkelblaue Würgemale zeichnen sich auf ihrer Haut ab. Mir wird schlecht. Mit einem Ruck entlässt sie mich aus meinem Gefängnis und weicht im selben Augenblick zurück.

«Was hat er noch getan?» Ich spüre das Beben in meinen Gliedern. Die Wut, den Hass, der meine Brust sprengen will. Die Schuld, die über meinem Geist lastet und mich bewegungslos macht.

«Das willst du doch gar nicht wissen», keift Gwen und schleudert den Stuhl aus dem Fenster.

Zwei Atemzüge lang starre ich in ihre wütenden Augen. Sie hat recht. Noch vor wenigen Wochen hätte ich es nicht wissen wollen, weil sie mir zwar etwas bedeutete, ich mich aber nicht zu nah heranwagen wollte. Meinetwegen und vor allem ihretwegen. Aber jetzt ist das anders. Die Dinge haben sich rasant entwickelt. Wir sind uns näher als jemals zuvor.

«Gwen, ich will alles wissen, wenn es um dich geht», gestehe ich, meine Stimme nur noch ein Schatten.

Nun starrt sie mich an. In ihrem Blick tobt ein Sturm, den ich auf See nie erleben musste.

«Ich ...» Sie ringt mit sich. Ich kann es sehen, an der Art, wie sie von einem Fuß auf den anderen tritt, wie sie ihre Hände verknotet und ihr Atem sich beschleunigt. Statt weiterzureden, bleibt sie still, und die Erkenntnis zieht mich in die Tiefe, als hätte man einen Anker um meinen Fuß gebunden.

«Du kannst es nicht.» Weil ich ihr Vertrauen strapaziert habe, weil ich mein Versprechen gebrochen habe, weil sie mich trotz allem, was wir durchgestanden haben, zwar in ihre Nähe, aber nicht nah heranlassen kann.

Der Tag kommt und geht. Ich erledige Dinge für Giroux, von denen ich kaum etwas mitbekomme. Die meiste Zeit nicke ich und tue so, als würde ich zwar verstehen, was er will, seine Pläne aber nicht begreifen. Ich bekomme keine Chance, mit Jakub zu sprechen, und Gwen bekomme ich nicht zu Gesicht, was wohl auch daran liegt, dass ich das Dachgeschoss meide. Die wabernde Spur ihrer Macht, die inzwischen jeden Winkel des Gasthauses durchzieht, ist schon zu viel.

Abends drückt der Wirt mir eine Schüssel mit irgendwas, das vermutlich essbar ist, in die Hand und schickt mich damit nach oben in meine Kammer. Statt seinem Befehl zu folgen, gehe ich noch ein Stockwerk höher. Ich widerstehe dem Drang, nach Gwen und ihren Geschwistern zu sehen, auch wenn jede Faser in mir danach schreit. Stattdessen öffne ich die Dachluke und setze mich vor den qualmenden Schornstein, den Blick über die Stadt zum Ozean gerichtet. Träge löffle ich die Suppe in mich hinein, beobachte, wie ein Licht nach dem anderen gelöscht wird und die Straßen sich leeren.

Kein Polarlicht schimmert am Himmel, als fürchteten auch sie die Rache des Masineh. Dabei dürfte der Baum fast gefallen sein. Gwens wachsende Macht ist ein eindeutiger Beweis dafür.

Als die Schüssel leer ist, lehne ich mich zurück, verschränke die Arme und erinnere mich an Zeiten, in denen ich in dieser Position ganze Nächte an Deck eines Schiffes verbracht habe. Und an die, in denen ich mit einem Mädchen hier oben saß.

Ich weiß nicht, wie spät es ist, als ich wieder nach drinnen gehe, aber über dem Haus liegt eine träge Ruhe. Giroux und Gwen müssen schlafen. Ich bemühe mich, leise zu sein, was meine steifgefrorenen Glieder mir nicht unbedingt einfacher machen und das Quietschen der Dachluke schon gar nicht. Als ich mich umwende, erkenne ich eine Gestalt, die am Gitter der Zelle hockt. Sowohl für Tinna als auch für Gwen ist sie zu groß.

Ich atme tief durch, bevor ich auf Jakub zugehe und mich vor dem Gitter niederlasse. Aus dem Gefängnis strömt ein eisiger Windhauch, von dem ich mir nicht sicher bin, ob vielleicht nur ich ihn spüren kann.

«Was wollte er von dir?», fragt Jakub mit kratziger Stimme. Ich weiß sofort, was er meint.

«Ich musste den Kristall ins Badehaus schaffen.»

Er nickt wissend.

«Ich hätte mich widersetzen sollen», murmle ich. Es ist schließlich nicht so, dass es keinen Weg gegeben hätte. Giroux hat nur so viel Macht über mich, wie ich ihm lasse.

«Auf keinen Fall!», faucht Jakub ungehalten und hustet. Sein Atem pfeift dabei. «Wenn der Alte mitkriegt, dass er dich nicht kontrollieren kann, ist das unser Ende. Gwen kriegt sich schon wieder ein.»

«Es geht nicht darum, dass sie sauer ist. Sie vertraut mir nicht.» Wieso erzähle ich das ausgerechnet ihm?

Jakub lacht leise.

«Manchmal denke ich, du bist ein helles Kerlchen und ein andermal ...» Er lässt seinen Blick über mich gleiten und schüttelt den Kopf. «Du versprichst ihr das Blaue vom Himmel. Freiheit, eine Zukunft, Liebe. Alles, was sie sich immer gewünscht hat. Konntest du bis jetzt auch nur einmal beweisen, dass du ihr das alles auch bieten kannst?»

«Ich habe meine Seele für sie geopfert.»

«Und damit alles noch schlimmer gemacht.» Ich schnaube. «Mann, du kannst dich nicht darauf ausruhen, dass sie sich in dich verliebt hat oder dass ihr zusammengehört.» Wieder hustet er. «Weißt du, wie oft sie sich schon in solchen Träumen verloren hat? Wer sagt ihr, dass du nicht nur einer von vielen bist?»

«Sie selbst.»

«Jeder kann sich irren.» Er hebt kraftlos die Schultern. Ich balle die Hände zu Fäusten. Jakub hat Glück, dass er hinter einem Gitter sitzt, das ich nicht durchbrechen kann. «Jetzt hör auf, dich selbst zu zerfleischen und sag mir, dass du einen Plan hast, Weltenbummler.»

«Du willst mir immer noch helfen?»

«Wenn es mich hier rausbringt, ja. Aber nur, um mich zu rächen, wenn ich auf freiem Fuß bin.» Seine Augen funkeln mich an, aber er lächelt trotzdem. Ein bisschen zumindest. Ich kann kaum glauben, wie erleichtert ich bin, diesen Ausdruck auf seinem Gesicht zu sehen.

«Es ist nur ein Gedanke», erkläre ich. «Ich weiß von Gwen, dass der Kristall nicht kaputt gehen kann, aber ich habe ihn mir angesehen und war dabei, als eine Seele hineingesogen wurde. Auch wenn nichts aus dem Ding raus kann, solange Giroux es nicht will, ist es trotzdem nicht abgeschlossen.»

«Soll heißen?»

«Der Kristall hat eine Schwachstelle.»

«Das macht ihn nicht weniger bruchsicher.» Jakub zieht die Decken enger um seinen Körper.

«Ich will ihn ja auch nicht aufbrechen. Wir brauchen irgendetwas, das wir ihm injizieren können. Eine Flüssigkeit oder einen Fremdkörper, der klein genug ist, um ihn zu täuschen und das Ding von innen heraus zu zerstören.»

«Das wird auch die Seelen betreffen, die noch im Kristall sind.»

«Trauerst du jetzt den Verehrern deiner Schwester hinterher?»

«Sicher nicht. Aber Seelen sterben nicht. Wenn sie verletzt werden, verändern sie sich und manchmal entwickeln sie Kräfte, die so stark sind, dass sie niemand mehr kontrollieren kann.»

«Noch besser.» Jakubs Augenbrauen heben sich. «Vielleicht werden die Seelen stark genug, dass sie den Kristall aufbrechen können. Damit würde Giroux all seine Macht verlieren.»

«Gwen wird uns davon abhalten», gebietet Jakub meiner Euphorie Einhalt. «Verletzte Seelen sind eine heikle Angelegenheit und deine eigene ist schließlich auch dabei. Wie willst du Gwen außerdem bis dahin am Leben halten?» Keine gute Frage. «Der Masineh wird sich nicht mehr lang wehren können und der Alte wartet mit seinem Plan, bis der Baum gefallen ist und seine Macht übertragen wurde.» Wieder schüttelt der Husten ihn durch. Jakub krümmt sich unter den Schmerzen.

«Wie lang wird Gwen die Macht des Baumes tragen können?»

«Gar nicht, denke ich. Das Gestrüpp ist mächtiger als alles, was ich kenne. Sie hat vielleicht ein paar Sekunden, sobald er fällt.»

«Aber sie muss neben dem Kristall stehen, um die Macht an ihn weiterzuleiten, oder?» Er nickt vorsichtig. «Wenn wir den Kristall also zerstören, bevor Gwen die Macht überträgt?»

«Dann stirbt sie vorher oder spätestens danach, wenn sie die Energie nicht loswird.» Erstaunlich, wie pragmatisch er über den Tod seiner Schwester sprechen kann. «Es könnte allerdings funktionieren, wenn die Verbindung zur richtigen Zeit unterbrochen wird. Giroux will, dass sie ihre gesamte Macht an den Kristall überträgt, was sie zweifellos in die ewigen Jagdgründe katapultieren wird. Wenn sie aber nur die überschüssige Macht abgibt, die sie vom Masineh bekommt, hätte sie den Hauch einer Chance, zu überleben.»

«Und trotzdem ist dann der Baum verloren, um sie von ihrem Fluch zu befreien.»

Jakubs Augen weiten sich.

«Du hast die Rätsel gelöst?»

«Vielleicht. Was umsonst ist, wenn der Baum fällt.»

«Wir könnten ihn neu pflanzen.» Jetzt bin ich es, der die Augen aufreißt. «Wenn Gwen die Macht nicht an den Kristall, sondern an einen Samen des alten Masineh überträgt, bleibt die Kraft in ihrer ursprünglichen Form erhalten. Neu eingepflanzt entsteht ein neuer Masineh. Wir haben das schon mal gemacht.»

«Angenommen, das funktioniert», woran ich meine Zweifel habe, «ist die nächste Blüte in zehn Jahren.»

«Nur bei unzureichender Pflege.» Jakub grinst verschmitzt. «Der Masineh bleibt in seinem Zustand. Wenn man einen neuen Samen mit der alten Macht pflanzt, stellt sich der Baum wieder her. Normalerweise dauert das ein paar Tage, aber auch Pflanzen können durch die Kraft von Polarlichtern geheilt werden.»

«Und du bist dir sicher, dass meine Heilkünste ausreichen?»

«Du hast mich von den Toten zurückgeholt. Einen Versuch ist es wert.»

«Dann gibt es nur noch zwei Fragen zu klären. Wie täuschen wir Giroux? Und was spritzen wir dem Kristall?»

«Ich lasse mir was einfallen. Märtyrertum entwickelt sich langsam zu meiner absoluten Stärke.» Er wackelt mit den Augenbrauen, als könnte er es kaum erwarten. «Halte du dich bereit, sollte ich irgendwas aus der Außenwelt brauchen. Der Alte wird das Risiko nicht eingehen, uns kurz vor seinem Durchbruch hier herauszulassen.»

«Ich besorge in der Zwischenzeit den Samen.» Was für ein Plan.

23 décembre 1723

Manchmal ist der Zufall eine große Hilfe. Giroux schickt mich in aller Frühe aus dem Haus. Ich soll sehen, wie weit die Arbeiten am Masineh gekommen sind. Der erste Auftrag seinerseits, den ich mit Freuden annehme.

Mit nichts als vorsichtigem Übermut im Gepäck spaziere ich durch die Straßen, begegne Leuten mit Äxten und Sägen und schließe mich ihnen an unter dem Vorwand, helfen zu wollen. Doch als wir in der Grotte ankommen, wimmelt es nur so von Freiwilligen. Männer und Frauen nutzen alle ihnen zur Verfügung stehende Kraft, den Baum zu Boden zu zwingen. Den Stamm zeichnet eine tiefe Einschlagkerbe, aus der unablässig silbrige Flüssigkeit hervorquillt. Sie wird sofort schwarz, sobald sie den Boden berührt.

Ich halte mich still im Hintergrund, beobachte das Geschehen und bemerke die Vorsicht der Leute. Niemand tritt näher an das Gewächs heran als nötig. Mit höchster Sorgfalt achten sie darauf, weder mit den herabgefallenen Blüten noch mit dem Silberharz in Berührung zu kommen.

«Ihr braucht einen Freiwilligen, der die Seile festbindet?», frage ich in die Runde. Gerade haben sie besprochen, draußen ein Gespann einzusetzen, um den Baum zu entwurzeln. Die Männer sehen mich verdutzt an, nicken dann jedoch. «Ich mache es.»

Sie reichen mir ein paar Seile, klopfen mir auf die Schulter, als hätte ich ihnen mein Leben geopfert und wünschen mir Glück. Unter strenger Beobachtung gehe ich auf den Baum zu, den ich nun sooft in unterschiedlichster Verfassung gesehen habe. So traurig wie heute war er nie.

Als ich meine Hand an die Silberrinde lege, atmen alle in der Grotte gleichzeitig ein. Ich dagegen warte auf die Schreie, die ich zuletzt an dieser Stelle gehört habe. Stattdessen bleibt es still. Ich binde erst ein Seil um den Stamm und dann noch ein zweites.

«Ich mache es wieder gut», rede ich dem Gewächs ein und irgendwie auch mir selbst, als der Baum sich unter den Seilen zu verhärten scheint.

«Wie lange wird es noch dauern, ihn zu fällen?», frage ich in die Runde.

«Bis morgen Abend muss er gefallen sein, sonst ist es nicht mehr aufzuhalten», antwortet einer vom hinteren Ende der Grotte.

«Spätestens morgen früh!», ruft jemand anderes.

«Wir machen die Nacht durch, wenn es sein muss!»

«Und was, wenn es euch nicht gelingt?» Ich ernte bitterböse Blicke und Flüche.

«Es wird gelingen. Maely hat eine Klinge, die sie bei den Indianern eingetauscht hat. Dagegen hat das Holz keine Chance.»

Ein Jubel brandet auf, während ich mich nach Maely umsehe. Sie steht im Dunkel, ganz hinten in der Grotte, und beobachtet mich still. Die anderen nehmen ihre Tätigkeiten wieder auf, besprechen schon, wie man das Holz wohl am besten entflammen könnte, aber ich gehe hinüber zu dem Fischweib, das uns damals durch den Tunnel aus der Stadt geführt hat, um Gwen zu retten.

«Was soll das für eine Klinge sein?», murmle ich ihr zu und tue, als würde ich die Seile sortieren, die zu ihren Füßen liegen. Sie geht in die Knie, um mir zu helfen.

«Eine magische. Das Metall beginnt zu glühen, sobald Wesen mit magischen Fähigkeiten in der Nähe sind. Ich habe sie immer geheim gehalten, aber nun haben sie mich gezwungen, sie gegen den Baum einzusetzen», knurrt sie leise.

«Wirst du es tun?»

«Soll ich etwa diejenige sein, die dem Baum seine Rache ermöglicht hat?» Sie stößt ein Lachen hervor und schüttelt den Kopf. «Und glaub nicht, ich würde mich von dir umstimmen lassen.»

«Verlange ich gar nicht.» Ich hebe beschwichtigend die Hände. «Aber ich bitte dich, es genau morgen Mittag zu tun.»

«Mittag?» Ihre Augenbrauen schieben sich eng zusammen.

«Zwölf Uhr. Keine Minute früher. Keine später. Genau zwölf. Kriegst du das hin?»

«Was soll das bringen?»

«Kriegst du das hin?», frage ich nachdrücklicher.

Als sie nickt, erhebe ich mich, lasse eine verdutzte Maely zurück und schleiche um den Baum herum. Verdeckt von einigen Blüten entdecke ich ein winziges, silbernes Korn. Ich lasse es in meiner Manteltasche verschwinden, bevor es jemand bemerkt, und stehle mich im allgemeinen Trubel davon.

«Mittag?» Es ist witzig, dass Giroux' Gesichtsausdruck ebenso ungläubig ist wie der von Maely.

«Sie feiern irgendeine Zeremonie, um die Geister zu beruhigen oder so.»

Sein Blick durchdringt mich bis aufs Mark. Ich habe keinen Zweifel, dass er inzwischen mächtig genug dafür ist.

«Sie glauben nicht an die Geister.»

Mir bricht der Schweiß aus. Die Hand in der Manteltasche umklammere ich das Samenkorn des Masineh, das so klein ist, dass es zwischen meinen Fingern verschwindet.

«Jetzt schon», halte ich dagegen. «Ein Luftzug ist in die Grotte gefahren und hat den silbernen Blütenstaub herumgewirbelt, als sie ihre Äxte im

Stamm versenkt haben. Das deuteten sie als Warnung.»

Der Alte knurrt, scheint aber keine weiteren Einwände gegen meine Geschichte zu haben. Er nimmt seinen Stock zur Hand, den er nur noch zur Dekoration oder aus Gewohnheit mit sich herumträgt. Zum Laufen braucht er ihn jedenfalls schon längst nicht mehr und die Tatsache, dass der blaue Schimmer des Stabs in den letzten Tagen immer auffälliger geworden ist, bestätigt nur ein weiteres Mal, wie mächtig er durch meine Seele geworden ist.

«Morgen Mittag», murmelt er in sich hinein und beginnt, vor mir auf- und abzuwandern, als wäre er sich plötzlich nicht mehr sicher, ob sein Plan mit diesen neuen Entwicklungen noch funktioniert. «Sie könnten es genauso gut auch heute Abend tun. Hast du ihnen das vorgeschlagen?»

«Sie wollen es bei Tageslicht tun, um sicherzugehen.» Ich würde es jedenfalls so machen.

«Feiglinge. Einer wie der andere.»

Wieder rutscht mir das Korn aus den Fingern und ich muss in meiner Tasche wühlen, um es wiederzufinden.

«Wir haben keine Zeit zu verlieren. Nach Sonnenuntergang bringst du die drei in die Katakomben. Ich lege Fesseln bereit, die ihre Fähigkeiten blockieren. Gib ihnen Essen und Trinken und frische Kleider. Bis dahin versiegelst du die Wege aus der Stadt. Niemand verlässt diesen Ort, ist das klar?»

«Aye!» Der Alte tritt an mich heran und presst mir überraschend seinen Zeigefinger auf die Stirn. Ich kneife die Augen zusammen, um mich vor dem grellen Lichtstrahl zu schützen, der alles auslöscht außer eines Symbols aus geschwungenen Linien und Kreisen. Kaum dass ich es gesehen habe, verschwindet das Licht und der Alte lässt mich los.

Mit einem Kribbeln im Nacken erwidere ich seinen starren Blick, bevor ich mich zum Gehen wende. Doch als ich die Tür erreiche, weigern sich meine Beine, weiterzugehen. Ich schließe die Augen.

Ruhig atmen!

«Bevor du gehst, solltest du mir das kleine Samenkorn übergeben, das du mir freundlicherweise aus der Grotte mitgebracht hast.»

Ohne es zu wollen, drehe ich mich zu ihm um, spüre, wie meine Hand in der Tasche wühlt, das Korn umschließt und es hervorholt. Es glänzt wunderbar matt im trüben Licht des Gastraumes. Wie eine Perle vom Grund der See.

«Wie reizend von dir», grinst er spöttisch. Mit spitzen Fingern klaubt er das Korn aus meiner Handfläche und wirft es mit einer beiläufigen Bewegung in den Kamin. Sofort explodiert Feuer aus der Asche. Ich will schreien und rennen. Ich würde meine Hand in die glühende Asche stecken, um den Samen zu retten, aber mein Körper bleibt reglos. Allein der bebende Herzschlag in meiner Brust macht mir klar, dass ich zu einem Teil immer noch mir selbst gehöre. Aber der Teil ist zu klein.

Giroux versetzt mir einen Schlag vor die Brust, der mich rücklings aus dem Gasthaus katapultiert. Nach Atem ringend lande ich im Schnee. Als sich die Spitze seines Stabs in mein Brustbein bohrt, winde ich mich unter Schmerzen, die meinen ganzen Körper zusammenzucken lassen. Jeder Muskel, jede Sehne, jede Zelle zerreißt unter einem Druck, der alles freilegt, was Giroux wissen will. Meine Fähigkeit, mich seinen Anweisungen zu widerstehen und etwas zu fühlen. Meine Gefühle für Gwen. Meine Schuld. Meine Angst. Nachdem er alles gesehen hat, presst er das Holz noch tiefer in meinen Körper. Seine Lippen bewegen sich, aber ich kann nichts hören.

Atmen!

Ich versuche es. Ich schließe die Augen, konzentriere mich auf den Schmerz, der unmöglich physisch sein kann und finde ein blaues Licht. Im Geist errichte ich eine Mauer darum. Aus einem Glas, das niemals bricht. Umgeben von Stein, der niemals schmilzt. Geschützt von einem Willen, den ich nicht bereit bin, brechen zu lassen und der alles in schwarze Finsternis taucht.

Mit einem letzten Stoß lässt der Wirt von mir ab und verschwindet im Gasthaus. Blut tropft aus

meiner Nase in den Schnee.

Ich bin ganz gut darin, magische Symbole in den Schnee zu zeichnen, denke ich. An jeder Straße, die aus der Stadt herausführt, male ich die verworrenen Zeichen auf den Boden, die der Meister mir in den Kopf gepflanzt hat. Es geht ganz von allein. Doch als ich das letzte Symbol gemalt und damit den Tunnel versiegelt habe, glaube ich, irgendetwas vergessen zu haben. Mein Auftrag ist noch nicht erledigt, aber es gibt keine anderen Wege mehr. Alles ist abgesperrt. Niemand kommt mehr heraus, sobald er die Stadt betreten hat. Wie er es befohlen hat.

Ich lasse den Blick über meine Umgebung gleiten und kratze mich dabei am Hinterkopf. Brennender Schmerz fährt mir in den Nacken, als ich die Wunde dort berühre. Ganz vergessen. Streit mit einem Mädchen. Schön war sie und wütend.

Ich frage mich nicht, wie ich in der Grotte gelandet bin. Oder wieso ich den Boden absuche, ungeachtet der Tatsache, dass mich sämtliche Leute hier anstarren, als sei ich von allen guten Geistern verlassen. Ich tue es einfach und finde, wonach ich suche. Silbrige Körnchen. Wie Perlen. Jedes fällt mir ins Auge. Ich nehme sie alle mit, und als ich ins

Gasthaus zurückkehre, werfe ich sie in den Kamin, um Feuer zu machen.

Die Enttäuschung des Mädchens ist spürbar. Durchsichtige Schleier aus Macht wabern um sie herum und verschwinden erst, als ich ihre Fesseln straff ziehe. Sie wehrt sich nicht, senkt nur den Blick zu Boden und nickt, als akzeptiere sie diese Vereinbarung. Ich glaube, ich habe noch nie einen so schönen Menschen gesehen. Selbst in ihrem gebrochenen Zustand strahlt sie etwas aus, das nah daran kommt, mein Herz zu berühren. Hoffnung oder so etwas.

Ihr Bruder ist ein widerspenstiges Biest. Ich brauche sieben Anläufe, um ihn zu bändigen. Er schreit mich an, aber ich höre nichts, sehe nur sein verzerrtes Gesicht. Ich frage mich, was ihn so zur Verzweiflung treibt.

Der Kristall ist wunderschön. Viel schöner als beim letzten Mal, als ich ihn sah.

Mein Gehör kehrt zurück, als ich die drei in einer Ecke der Katakomben ablade und an einer Verankerung in der Wand festbinde. Doch jetzt, da sie etwas sagen könnten, bleiben sie stumm. Bis auf den Jungen sieht mich nicht einmal jemand an.

Ich schiebe ihnen Brot und Wasser hin. Keiner rührt es an. Also bringe ich ihnen die Kleider, von denen niemand im Raum weiß, wie sie sie anziehen sollen, solange die Fesseln sie unbeweglich machen. Dann setze ich mich in die Mitte des Raumes, die Gefangenen fest im Visier, den Kristall im Rücken und den Ausgang seitlich im Auge, und beginne mich zu langweilen.

«Lust auf ein Spiel?», frage ich in die Runde. Wenn wir hier eh nur herumsitzen, können wir es uns auch gemütlich machen, oder nicht?

«Wir spielen nicht», knurrt der Junge und tritt seine Schüssel mit dem Fuß weg. Eine Bewegung, die ihm solche Schmerzen bereitet, dass er das Gesicht verzieht.

«Nicht mit dir!», pflichtet das jüngere Mädchen ihm bei und spuckt in meine Richtung. Ein jämmerlicher Versuch.

«Was ist mit dir?» Ich drängle mich in das Blickfeld der älteren Schwester und tatsächlich hebt sie den Kopf. Das Blau ihrer Augen schlägt über mir zusammen wie Wellen im Sturm.

Sie legt den Kopf schief, kneift die Augen zusammen und mustert mich. Vom Haaransatz bis zu den Stiefelspitzen. Meine Augen, Mund, die Knopfleiste meines Hemdes, meine Hände, die in meinem Schoß gefaltet liegen, und allein deshalb – vermutlich – meinen Schritt.

«Welches Spiel?» Ihre Augen kehren zu meinen zurück. Sie ignoriert die entsetzten Blicke und das Murmeln ihrer Geschwister.

«Deine Wahl.»

«Gwen!», mahnt ihr Bruder. Ein Blick reicht, um ihn verstummen zu lassen.

«Eigentlich ist es kein Spiel. Es ist ein Tauschgeschäft.»

«Ich handle nicht», wehre ich ab.

«Vielleicht ja doch.» Ihr schönes Gesicht nimmt einen verwegenen Ausdruck an, der etwas in mir seufzen lässt. «Ich tausche einen Kuss für eine Wahrheit.»

«Das tust du nicht!», springt ihre kleine Schwester ein und nimmt mich ins Visier. «Ein Kuss», sie reckt den Zeigefinger in die Höhe. «Zwei Wahrheiten.» Zum Zeigefinger gesellt sich der Mittelfinger.

«Wie wäre es damit?», mischt sich nun auch der Bruder ein. «Ein Kuss. Eine Wahrheit für jeden von uns.» Seine Augenbrauen ziehen sich erwartungsvoll in die Höhe.

«Zu teuer.»

Das ältere Mädchen richtet sich in ihren Fesseln auf. Ihre sinnlichen Lippen verziehen sich zu einem Lächeln, das meine Knie weichwerden lässt.

«Du hast ja keine Ahnung wie günstig du damit davonkommst», säuselt sie halblaut. «Das ist das einzige Spiel, das wir mit dir spielen werden. Deine Entscheidung.»

Sacrebleu!

«Von mir aus!», stöhne ich und stütze mich nach hinten mit den Händen auf dem staubigen Boden ab. «Drei Wahrheiten, ein Kuss. Wer will anfangen?»

«Wann fällt der Masineh?», fragt die Jüngste.

«Morgen Mittag. Punkt zwölf.» Das war mal einfach.

Sie wechselt einen Blick mit ihrem Bruder, dessen Miene sich zu einer grimmigen Fratze verformt.

«Sind alle ...» Er bricht ab und zieht die Stirn kraus. «Hast du ... Was ist mit dem ...»

Ah, jemand, der schlecht darin ist, die richtige Frage zu stellen.

«Du musst dich schon für eine entscheiden», höhne ich, was seinen Ausdruck nicht nur dunkler, sondern auch wilder werden lässt. Die Ähnlichkeit zu seiner Schwester ist überwältigend. Allein das jüngste Gesicht ist durch andere Züge geprägt. Weicher sieht sie aus, aber vielleicht ist sie auch einfach nicht so anfällig für Wut und Hass wie ihre Geschwister. Doch auch ihre Augen haben eine vollkommen andere Form. Fraglich, was das jetzt zur Sache tut.

«Was wurde heute im Kamin verbrannt?»

Ich muss lachen. Da hat er die Chance, mir eine wirklich wichtige und bedeutende Frage zu stellen und dann will er wissen, welches Holz ... Moment. Es war ja gar kein Holz.

«Silberne Samenkörner», antworte ich ihm, ohne weiter darüber nachzudenken. Wenn er sich so brennend für die Heizvorgänge im Gasthaus interessiert, soll er sein Wissen ruhig mehren. Allerdings bringt mich das auf eine neue Idee. Ich rutsche näher an die Mittlere heran und fixiere ihren Blick.

«Ihr dürft Fragen stellen, wie ihr wollt, und ich muss immer die Wahrheit sagen. Das ist ein einseitiges Spiel.» Ihre Augen funkeln, als ich bis zu ihren Stiefelspitzen heranrutsche. «Deshalb darfst du nur die eine Frage stellen, die dein Herz umtreibt.» Ich beuge mich zu ihr, bis ich ihr ins Ohr flüstern kann und ihren Atem dadurch zum Stocken bringe. «Welche Frage lässt dich nachts nicht schlafen? Welche beschäftigt dich in jeder Minute eines jeden Tages?» Ich entferne mich wieder. Nur ein Stück, bis ich in ihre blauen Augen sehen kann. Normalerweise verbergen sie jede ihrer Emotionen, deutlich erkennbar an der Kälte in ihrem Blick, die sie auch jetzt aufrechtzuerhalten versucht. Aber sie kann es nicht. Tränen glitzern plötzlich darin, verwandeln dieses unsagbare Blau tatsächlich in einen Ozean, in dem ich ertrinke.

Gedankenverloren greift sie trotz der Fesseln nach meinen Händen, verschränkt ihre Finger mit meinen. Ich wundere mich, wie vertraut sich das anfühlt. Und wie endgültig.

«Werde ich jemals stark genug sein, mein Herz zu verschenken?» Ihre Stimme ist wie Seide, die in einem Luftzug über meine Haut gleitet. Angst trocknet ihre Tränen.

Ich hole Atem, setze zu einer Antwort an, die ihr nur sagen wird, dass sie niemals genug Zeit haben wird, das herauszufinden, doch das Mädchen wartet gar nicht darauf. Schneller als ich reagieren kann, lehnt sie sich zu mir und drückt ihre weichen Lippen auf meinen Mund. Ein Kuss, der nach Verzweiflung und Sehnsucht und Reue schmeckt. Und nach Liebe.

Sie öffnet ihre Lippen, verweilt einen Augenblick und will sich schon entfernen, doch ich lasse sie nicht. Mit beiden Händen umfasse ich ihr Gesicht und hole mir, was ich seit einer gefühlten Ewigkeit gesucht habe. Sie seufzt. Sie zittert. Sie schluchzt. Wie zwei Suchende küssen wir uns, als wäre der andere das rettende Licht in ewiger Dunkelheit. Als ich mich von ihr löse und in dieses verzweifelte Gesicht sehe, fällt mir plötzlich ein, was ich vergessen habe.

Gwen! Ich will ihren Namen schreien, sie an mich drücken und ihr versprechen, dass alles gut wird. Sie hat mich gerettet. Zum gefühlt tausendsten Mal. Vielleicht ist es genau dieser Gedanke, der verhindert, dass ich vorschnell handeln kann.

Ich starre sie an. Lege alles Misstrauen, alle Einfältigkeit und jede andere Eigenschaft, die Gwen an Seemännern so hasst, in meinen Blick. Ihre Verzweiflung nagt an mir, als sie begreift, dass sie mich nicht zurückgewonnen hat. Mit Mühe halte ich meinen Atem flach und warte, bis ihre Miene versteinert und die Wut ihre Macht aufleuchten lässt. Die Fesseln zurren sich um ihren Körper, aber Gwen scheint es nicht zu bemerken.

Ich wünschte, ich könnte es ihr ersparen. Aber Gwens Macht wird gespeist von ihrer Wut, ihrem Hass, und ich kann nicht riskieren, auch nur einen winzigen Funken davon zu verlieren, wenn ich Giroux' Pläne durchkreuzen will.

24 décembre 1723

Der Tag der Tage. Ich kann mich nicht erinnern, jemals so nervös gewesen zu sein. Andererseits bin ich dermaßen dazu gezwungen, die Füße still zu halten, dass ich vor Schmerzen schreien möchte.

Mit einem Stöckchen stochere ich in der losen Erde der Katakomben herum, während Jakub mich finster von der Seite anstarrt. Gwen und Tinna schlafen, obwohl ich mir nicht sicher bin, ob Gwen vielleicht nur so tut. Es kostet mich alle Konzentration, sie nicht die ganze Zeit im Auge zu behalten.

Ich nehme die Essensration für das Frühstück, trockenes Brot und Wasser, und gehe zu den Gefangenen hinüber.

«Wie läuft das eigentlich ab?», wende ich mich an Jakub. «Wie kommt die Macht aus dem Kristall zum Meister?» Ich hätte eine Karriere als Schauspieler anstreben sollen.

Jakub knurrt leise, wie er es in seiner Hundegestalt zweifellos auch getan hätte. Manche Gewohnheiten legt man wohl nicht so schnell ab. Mit gebundenen Händen langt er nach dem Brot in meiner Hand, doch ich ziehe es weg. Sein Blick ist ein dunkles Versprechen.

«Die Macht überträgt sich auf die Seelen. Sie produzieren dann mehr Energie und damit mehr Macht für *den Meister.*»

Ich werfe ihm das Brot in den Schoß und wende den Blick ab, damit er meine nachdenkliche Miene nicht sehen kann. Die Macht überträgt sich auf die Seelen. Also bekommt auch meine Seele einen Teil dieser Macht, oder? Sie ist zwar in dem Kristall gefangen, aber ich kann sie trotzdem noch spüren, weil sie aufgesplittet wurde, und der in mir noch vorhandene Teil ist ganz, geheilt durch Polarlichtmagie und damit kontrollierbar. Anders als bei den restlichen Seelenlosen.

Ich stoße Gwen mit meinem Fuß an und werfe ihr ebenfalls Brot hin, als sie die Augen öffnet.

«Es ist fast Mittag», knirsche ich kalt. Ich wende mich ab, ohne Gwen länger als einen Augenaufschlag lang angesehen zu haben, weil es mir das Herz brechen würde und dafür habe ich keine Zeit.

Mir bleiben genau siebenunddreißig Minuten bis zwölf. Siebenunddreißig Minuten, um zu lernen, wie ich den verlorenen Teil meiner Seele und damit die Macht des Masineh kontrollieren kann.

Ich schleiche um den Kristall herum, beobachte die schwarzen Schlieren, die alle gleich aussehen, und fühle in mich hinein. Ich bin der Bär. Ich kontrolliere mich selbst, wenn ich die Polarlichter beschwöre. Ich bin in mich gekehrt, um sie zu schützen. Ich habe mich selbst erkannt, um alles für meine Nächsten zu tun. Mit dem Rücken zu Gwen und den anderen schließe ich die Augen und konzentriere mich. Es gibt eine Verbindung zwischen mir und dem Kristall. Ich sehe die Bruchstelle vor mir, an der die Seele des südländischen Capitaine in den Kristall gesogen wurde, und suche nach einem Zugang.

Gwen hatte immer recht, wenn sie behauptet hat, ich würde mit altbewährten Mitteln kämpfen. Aber ich weigere mich, zu glauben, dass sie vollkommen nutzlos sind. Wieso sonst sollte ich eine unbekannte Variable in diesem System sein?

Ich bediene mich des Pragmatismus. Ein Ansatz, der mir immer gefallen hat und der meinem Weltbild entspricht. Jedes Objekt hat ein Inneres. Wenn es eine Öffnung gibt, liegt etwas dahinter, und die Schlieren der Seelen in dem Kristall verhindern zweifelsohne, dass ich ohne Probleme hineinsehen kann. Und schon sind wir bei der zweiten Komponente: Fantasie. Aus einem ganz bestimmten Grund habe ich von der ersten Sekunde, in der ich versuche, mir das Innere des Kristalls vorzustellen, eine klare Vorstellung davon. Der geraubte Teil meiner Seele weiß, wie es dort drin aussieht, und damit

muss ich gar nicht mehr hineinkommen. Ich bin schon drin.

«Bring sie hier rüber!», befiehlt Giroux, als er in die Katakomben stolziert und allein durch seine Anwesenheit die Luft in magische Vibration versetzt.

Ich nicke, was sonst, und mache mich daran, Gwen vom Boden aufzuhelfen, aber sie wehrt sich nicht. Ihr Körper ist nicht mehr als eine Hülle, in der sie sich so tief vergraben hat, dass niemand sie jemals wiederfinden kann. Selbst ihre Machtaura ist verschwunden.

Mit zusammengebissenen Zähnen stoße ich sie vorwärts, wohl wissend, dass ich ihr damit wehtue. Körperlich. Wieder keine Reaktion. Kein böser Blick. Kein Fauchen. Gar nichts. Als würde ihre Wut durch etwas begraben werden, das stärker ist: Gleichgültigkeit. Aber ohne ihre Wut wird mein Plan nicht funktionieren.

Ich fange sie wieder ein, halte ihre Fesseln fest in der Hand und ziehe sie gegen mich, während Giroux sich irgendwelchen Vorbereitungen am Kristall widmet. Mir kommt die Galle hoch, als ich an ihrem Zopf ziehe, um ihr Ohr in die Nähe meines Mundes zu bringen.

Nie wieder. Ich hatte mir geschworen, nie wieder einem Menschen wehzutun, ihn zu verletzen, egal, wie notwendig es mir auch erscheinen mag. Aber sie lässt mir keine andere Wahl. Es gibt nur eine Sache, die einen Menschen mehr zerreißt, als dass derjenige, in den man verliebt ist, einen vergisst: Wenn derjenige einen nicht vergessen hat und einem trotzdem Schaden zufügt.

«Ich dachte immer, du bist ein kluges Mädchen, Gwen», zische ich in ihr Ohr. Bei ihrem Namen schreckt sie zusammen. Aus aufgerissenen Augen starrt sie mich an. Wachsam. Vorsichtig. Erleichtert, dass ich mich wieder an sie erinnere. «Aber kluge Mädchen fallen nicht auf Männer herein, die ihnen das Blaue vom Himmel versprechen.» Jakubs Worte. «Sie glauben nicht, dass ihr versteinertes Herz jemals gut genug wäre, es jemandem zu schenken!»

Gwen schnappt nach Luft. Alle Farbe weicht aus ihrem Gesicht. Sie schüttelt ungläubig den Kopf. Als sie etwas sagen will, stoße ich sie weg. Sie stolpert. Sie fällt. Ich kann ihr Herz brechen hören. Aber als sie vom Boden aufsieht, sind ihre Wangen rot gefärbt. Ihre Augen sprühen Funken und ihr hektischer Atem ist nur noch eine Warnung für das Ausmaß ihrer Rache für das, was ich ihr gerade angetan habe.

Die Kirchturmuhr schlägt den ersten Schlag der Zwölf.

«Lege ihre Hand auf den Kristall!» Giroux wendet sich zu uns um, schreitet in königlicher Manier auf einen Punkt im Raum zu, den nur er selbst kennt, und postiert sich mit hocherhobenem Haupt und von Gier zerfleischtem Blick vor dem Kristall.

Ich löse Gwens Fesseln. Die an den Händen zuerst, wonach ich postwendend eine Ohrfeige ernte, die die meines Vaters in den Schatten stellt. Meine

Wange brennt, als die restlichen Seile wie tote Schlangen von ihr abfallen.

Ohne dass Giroux es laut aussprechen muss, zwinge ich Gwen rücklings an meine Brust, umklammere sie mit meinen Armen und bete, dass sie weder stark genug ist, mich wegzustoßen, noch dass sie in den nächsten Sekunden in meinen Armen sterben muss. Doch noch bevor ich diesen Gedanken beenden kann, krampft sich ihr ganzer Körper zusammen. Gwen schreit unter dem Machtschwall, der sie überschwemmt, aber sie entlässt ihn nicht. Panik schnürt mir die Kehle zu, als sie in meinen Armen immer schwerer wird. Wir sacken auf den Boden, gefangen in einer Machtkuppel, die alles dämpft, was um uns geschieht. Die Zeit gerät aus den Fugen, bleibt nahezu stehen, obwohl mein Herz noch immer achtmal so schnell schlägt wie sonst.

«Lass ihn nicht gewinnen», flehe ich sie an und presse ihre Hand fester gegen den Kristall. Aber mir fallen immer wieder die Augen zu. «Bitte, Gwen. Er darf nicht gewinnen!»

Ihre Atmung wird langsamer.

Ich hätte ihr die Wahrheit sagen sollen.

«Ich will nicht sehen, was er aus dir gemacht hat!», knirscht sie. Ihre Hand windet sich unter meiner.

Mein Kopf fällt gegen ihre Schulter und ich kann nichts dagegen tun. Immer schwerer werden meine Glieder. Müdigkeit überkommt mich.

Lass sie nicht los.

Ich wende alle Kraft auf, die noch in mir steckt, um Gwen zu mir zu drehen. Meine Hand legt sich an ihre Wangen und ich zwinge sie, mich anzusehen, lege jede Wahrheit und jede Entschuldigung in meinen Blick, die ich nicht aussprechen kann.

Ich bin hier! Gib mich nicht auf!

Sie schlägt nach mir. Ich bin zu langsam, um auszuweichen.

«Auf wen geht die Macht über, wenn du stirbst?», presse ich unter ihren Schlägen hervor. Sie zögert eine Sekunde. Genug Zeit für mich, ihre Hand unbeweglich zu machen. Aus aufgerissenen Augen starrt sie mich an, als hätte sie diesen Umstand in ihrem Plan überhaupt nicht bedacht. Sie beginnt zu zittern, als ihr Blick zu Jakub fliegt.

«Er hat keine Verbindung zum Kristall», haucht sie.

Noch mit der letzten Silbe löst sich die Machtkuppel in Luft auf. Gwen krallt sich in meinen Arm, bewusst oder unbewusst, und schließt die Augen, um sich voll und ganz auf die Übertragung der Macht zu konzentrieren.

Ich spüre ein Ziehen tief in mir drin. Als würde jemand am anderen Ende eines Fadens zupfen. Diese Verbindung überträgt eine Vibration in meine Venen, wie ich sie noch nie gespürt habe. Trotzdem erkenne ich sie sofort. Es ist die Macht des Masineh, die auf den Kristall und damit auf meine Seele übergeht. Mein Stichwort.

Mit voller Konzentration kehre ich in das Innere des Kristalls zurück. Es sieht dort anders aus als zuvor. Leuchtende Fäden durchziehen das Glas, verbinden die Seelen miteinander und erhellen ihre Dunkelheit. Ich suche nach dem einen Faden, der nach draußen führt, und finde ihn.

Gwen erntet Seelen mit Wut. Der Masineh ist wütend. Ich bin es auch. Alles, was Giroux uns angetan hat, sehe ich wieder und wieder vor mir. Wie er Lenny beauftragt hat, Gwen zu entführen. Wie er sie mit einem Fluch belegt hat, um meine Seele zu bekommen. Wie er mich dazu gezwungen hat, ihr Schmerzen zuzufügen. Wie er sie zu einem Menschen gemacht hat, der glaubt, niemanden lieben zu dürfen.

Eine Flutwelle an Macht bricht aus mir heraus. Ich höre ein Knacken. Nicht mit meinen Ohren, sondern tiefer in mir drin. Befeuert von dem Geräusch brechenden Kristalls mache ich weiter, steigere mich hinein in die Absurdität, dass jemand die Macht hat, einem Menschen seine körperliche und geistige Freiheit zu rauben. Ich sehe Feuer. Hitze brennt in meinen Venen, versengt jeden Teil von mir und frisst sich so tief in mein Herz, dass ich schreien will.

«Was tust du?», höre ich Gwens Flüstern.

Alles.

Jeden Funken Magie sauge ich aus dem Netz im Kristall, nehme sie in mich auf und presse sie mit tausendfacher Gewalt gegen die Wände dieses Seelengefängnisses. Noch ein Riss. Und noch einer.

Ich lasse Gwens Hände los, stecke meine in die Taschen meines Mantels und aktiviere die heilende Polarlichtmagie. Silberstaub haftet an meinen Fingerkuppen, wird fester, formt sich. Eine kleine Kugel entsteht. Viel winziger als der ursprüngliche Samen, aber auf die Größe kommt es schließlich nicht an, habe ich mir sagen lassen.

Der Kristall knackt so laut, dass ich Giroux zusammenzucken sehe. Alarmiert richtet er die Spitze seines Stabes auf seinen Seelenofen, doch der zerspringt, bevor er ihn neu zusammensetzen kann. Winzige Splitter fetzen durch die Luft, werden getragen von Seelen und unkontrollierter Macht, die um Gwen und mich herumwirbelt.

Fest umschließe ich das neue Samenkorn und lenke alle Energie in seine Richtung. Gleichzeitig wirft sich Jakub trotz seiner Fesseln gegen Giroux. Er reißt ihn zu Boden und hält ihn fest, während die Spuren des Alters in das Gesicht des Wirtes zurückkehren.

Ich fange die letzte Macht ein, die Gwen noch abgibt, bevor sie das Bewusstsein verliert, und speise sie in das Samenkorn. Und als meine Seele zu mir zurückkehrt, bleibt es so still, als könnte Mutter

Natur nicht glauben, was gerade geschehen ist.

«Los, kommt!» Mit Gwen in den Armen deute ich mit einem Kopfnicken auf den Ausgang.

Statt meinen Anweisungen zu folgen, geht Jakub auf den am Boden liegenden Giroux zu.

«Was hast du vor?»

«Was glaubst du denn?» Jakubs Augenbraue hebt sich.

«Komm schon. Wir haben keine Zeit dafür!» Dieser sture Hund!

«Falsch!», mischt sich Tinna ein. «Ihr habt keine Zeit.» Sie hebt den Stab des Wirtes vom Boden auf und lässt ihn in der Hand kreisen, bevor sie ihn auf ihre andere Handfläche schlagen lässt. «Wir treffen uns auf dem Plateau!»

Ich atme ein, bereit, ihr Vorhaben mit Worten aufzuhalten, doch ihre Blicke sprechen Bände. Statt zu antworten, renne ich los. Mit Gwen auf dem Arm laufe ich durch die Gassen. An der Stadtgrenze zerstöre ich das Machtsymbol mit einem einzigen Blutstropfen von Gwen, der mir den letzten Nerv raubt.

Ich sprinte den Steilpass empor, rutsche auf dem Eis und ignoriere es, solange wir dem Abgrund nicht zu nah kommen. Oben angekommen verliere ich keine Zeit, dem Samen erst noch ein schönes Plätzchen zu suchen. Wächst er eben dort, wo ihn jeder sofort sehen kann.

Ich lege Gwens Kopf auf meinen Schoß, ziehe meinen Mantel aus und lege ihn auf den Boden. Dann bette ich sie auf das provisorische Lager und beginne damit, gleich neben ihr den Schnee wegzuschaufeln, bis der gefrorene Boden zum Vorschein kommt. Erst jetzt fällt mir ein, dass ich nicht bedacht habe, dass Erde hart wie Stahl ist, wenn sie gefriert.

«Sacrément!» Ich stütze mich auf meine Fäuste und lasse den Kopf hängen. Das darf doch nicht wahr sein!

Ich zucke zusammen, als etwas Kaltes auf meine Hände fällt. Erde. Als ich aufblicke, begegne ich Gwens müdem Blick aus ihrem Gesicht, dessen Farbe dem Schnee Konkurrenz macht.

«Gern geschehen», krächzt sie und rollt sich auf die Seite, um mein Treiben zu beobachten.

Ich platziere den Samen in dem kleinen Loch, bedecke ihn vorsichtig und lege schützend meine Hände darüber. Ein letztes Mal sammle ich alle Wut, die mir noch innewohnt, fühle, wie sie mich verlässt. Doch als auch die letzte Wut verflogen ist, schlummert das Körnchen noch immer in seinem neuen Bett. Kein Baum. Nicht mal ein Sprössling, aus dem in zehn Jahren eine neue Blüte wachsen könnte.

«Du hast es versucht.» Gwens Finger legen sich auf meine Hand. «Manchmal ist das alles, was wir tun können.»

Es ist weniger die Enttäuschung in ihrer Stimme, die mir das Herz bricht, als die Tatsache, dass sie sie mit einem Lächeln zu verstecken versucht.

«Es tut mir leid.» Nur ein Windhauch, und doch hat er die Endgültigkeit eines Siegels auf einem Abschiedsbrief. Ich kann mein Versprechen nicht halten.

«Wir haben überlebt, Evan. Zählt das nicht?»

Doch, schon. Aber es ist nicht genug.

Ich drücke ihre Hand und blicke statt in ihre Augen hinunter auf die Siedlung und den gefrorenen Ozean. Doch das Eis ist gebrochen. Drei gigantische Schiffe furchen sich hindurch, bahnen sich ihren Weg zum Hafen. An ihren Masten wehen französische Flaggen.

«Wir sollten gehen.»

Ich nicke. Ich schüttle den Kopf.

Es war alles umsonst, wenn mein Vater mich findet und Gwen nicht frei ist.

Ein Ruck geht durch die Erde. Ich werfe mich auf Gwen und zerre sie von der Kante weg, als der Boden aufbricht. Wurzeln schießen daraus hervor und in der Mitte ein silberner Stamm, an dessen Ende Äste und Zweige in alle Himmelsrichtungen wuchern. Ganz oben, kaum sichtbar zwischen den glitzernden Partikeln, welkt eine letzte Blüte.

Wir wechseln nur einen kurzen Blick, bevor wir uns aufraffen und auf den Baum zustürzen. Ich zücke ein Messer.

«Bist du dir sicher, dass es so funktioniert?»

Nein.

«Absolut!» Beherzt schneide ich in den neuen Stamm und beobachte die silberne Flüssigkeit, die in Windeseile auf uns zuströmt. Dann schneide ich zuerst in meine Handfläche und überlasse es Gwen, selbst ihre Hand zum Bluten zu bringen. Nahezu gleichzeitig fallen unsere Tropfen in das Silber.

«Nimm zurück, was dir gehört.»

Das Blut des Baumes verschluckt unseres. Als müsste es sich unsere Gabe auf der Zunge zergehen lassen, stoppt es seinen Fluss. Ich halte die Luft an.

«Wer bist du, dass du die Schuld begleichen willst?», summt eine uralte Stimme.

«Ich bin der Bär», antworte ich. «Ich kontrolliere meine Wut, um zu heilen. Ich kehre in mich, um zu sehen. Ich liebe, um mich selbst zu finden. Ich passe mich an, um zu retten. Ich bin der Bär und heute, am letzten Tag deiner Blüte, gebe ich dir zurück, was dir gehört.»

Die Flüssigkeit verselbstständigt sich erneut, fließt direkt auf Gwen zu, die ängstlich zurückweicht. Doch das Silber ist schnell. Wie eine zweite Haut kriecht es an ihrem Körper empor. Höher und höher. Es umschließt sie vollkommen und ich kann das Pochen ihres Herzens durch den Baum hören. Ich kann hören, wie es verstummt, als das Silber ihren Mund und ihre Augen versiegelt. Erst als sich die Flüssigkeit langsam in den Baum zurückzieht, klopft es weiter. Der Masineh verschließt seine Wunde, während Gwen kraftlos auf dem Boden zusammensinkt. Die letzte Blüte fällt auf ihr Haar herab und überzieht es mit einem silbrigen Staub.

«Glaubst du, es hat funktioniert?», frage ich und lege ihr den Mantel um die Schultern.

«Es gibt wohl nur einen Weg, das herauszufinden.»

«Welchen Kristall muss ich zerstören, falls du meine Seele erntest?»

Sie blickt auf ihren Schoß. Aus ihrem Rock wickelt sie ein Bruchstück des zerstörten Kristalls.

«Der hier gehört jetzt mir. Ich würde dir nicht befehlen, irgendetwas zu tun, was du nicht willst, wenn deine Seele erst da drin ist.»

Ich stoße ein Lachen aus.

«Du würdest mich bloß ans andere Ende der Welt entführen und dafür sorgen, dass ich nur dir allein gehöre.»

Ihr Lächeln wird honigsüß, als sie sich zu mir lehnt.

«Und du würdest lügen, wenn du behauptest, diese Vorstellung würde dir nicht gefallen.»

Mit der unverletzten Hand streiche ich ihr Haar zurück. Silberstaub fliegt in alle Richtungen davon, aber ich habe nur Augen für sie. Zum ersten Mal kann ich sie ansehen, wie ich es immer wollte. Wir sind ganz.

Ich lehne mich zu ihr, vergrabe meine Hand in ihrem Haar und ziehe sie näher und näher, bis sich unsere Lippen aufeinanderlegen. Ohne Angst.

Nichts geschieht. Kein Tauziehen an einem inneren Band. Keine Schuldgefühle.

Dafür Wärme. Erleichterung. Glück.

Gwen schlingt ihre Arme um meinen Hals und vergräbt ihr Gesicht an meiner Schulter. Sie weint ebenso lautlos, wie ich ihr wieder und wieder über den Rücken streiche.

Wir sind frei.

«Wieso dauert das so lange?», frage ich in die Stille der Dunkelheit.

Gwen und ich sitzen aneinander gelehnt unter dem Masineh, beobachten jede Regung auf dem Steilpass und können doch niemanden sehen. Seit Stunden keine Spur von Jakub und Tinna.

«Ich weiß nicht, was Jakub mit Giroux anstellen wird, jetzt, wo er der Stärkere ist.» Sorge tränkt ihre Stimme.

«Uns läuft die Zeit davon.» Die Schiffe meines Vaters haben vor Stunden den Hafen erreicht. Wir sind schon viel zu lang hier.

«Wenn er einmal in Fahrt ist, vergisst Jakub gern die Zeit. Können wir uns einen Unterschlupf suchen?»

Wie vorsichtig sie das sagt.

«Wir können alles tun, was du willst», versichere ich ihr mit einem Lächeln, das sie schüchtern erwidert. «Komm! Dort hinten können wir ein Feuer machen, ohne entdeckt zu werden.»

Bereitwillig lässt sie sich von mir auf die Füße ziehen. Gwen klopft die Schneekügelchen von ihrem Rock und sieht mich dann an, als wolle sie etwas sagen, aber bringt es doch nicht über die Lippen. Stattdessen greift sie nach meiner Hand. Ich liebe das Gefühl ihrer Berührung und stelle gleichzeitig fest, dass mir nie bewusst war, wie viel man eigentlich fühlt, wenn eine ganze Seele diese Emotionen produziert. Ich könnte die Welt umarmen und bin mir sicher, dass es möglich wäre.

Hand in Hand entfernen wir uns vom Masineh, der von nun an über die Stadt wacht. Für jeden sichtbar. Ich hoffe, dass sie irgendwann begreifen, dass dieser Baum ihnen nichts Böses will. Ich bedanke mich im Stillen, folge dann Gwen über das Plateau und zähle jeden Schritt in Richtung Freiheit.

Wir kommen nicht weit. Nach genau achtundzwanzig Schritten erschüttert ein so starkes Beben die Erde, dass wir auf die Knie fallen. Als wir uns aufraffen wollen, hören wir die Explosionen. Eine. Zwei. Drei. Vier.

Wir stürzen zurück zum Steilpass, werfen einen Blick auf die Stadt, aus der blaugrauer Nebel und Rauch aufsteigen. Es sieht so aus, als wären die Straßen aufgeplatzt. Die an der Badehausruine ist nur noch ein Erdspalt ohne Boden. Und genau dieser Spalt scheint sich fortzusetzen bis zum Gasthaus. Auf verschlungenen Wegen und mit Abzweigungen zur Kirche, zum Hafen, zur Schneiderei und so weiter. Giroux' Leitungssystem, das die Wärme aus dem Seelenofen an sämtliche Punkte der Stadt verteilt hat, implodiert, als könnte es die Leere ohne den Kristall nicht füllen.

«Jakub! Tinna!», keucht Gwen. Tränen füllen ihre Augen. Ein weiteres Mal reißt die Erde auf. Wir ducken uns instinktiv.

Gwen erwidert meinen Blick nicht, als ich sie ansehe. Hoch konzentriert sucht sie jeden Winkel des Städtchens ab. Aber sie wird sie nicht finden. Nicht von hier.

«Komm mit!» Ich greife ihre Hand und führe sie zum Steilpass.

«Evan, du kannst nicht... Dein Vater...»

«Ist mir egal», unterbreche ich sie, nehme sie bei den Schultern, sodass sie mich ansehen muss. «Sie sind auch meine Freunde. Wir verlassen diesen Ort gemeinsam oder gar nicht.»

Auch wenn es mein Ende sein wird.

Ende

Band II

Über die Autorin

Ich bin Tessa Millard. Ich wurde 1995 in Thüringen geboren und entdeckte schon in der Grundschule meine Leidenschaft zu fantastischen Geschichten. Seit 2016 veröffentliche ich Fantasy- und Science Fiction Romane als Selfpublisherin und schreibe dabei über Welten, die von unserer eigenen nie weit entfernt sind und die Liebe, die uns mit ihrer eigenen Magie verzaubert.

Dir hat mein Buch gefallen? Teile deine Meinung mit der Welt. Eine Rezension beim Onlinehändler deines Vertrauens ist für mich als Selfpublisherin eine große Unterstützung.

Webseite
www.tessa-millard.de

Social Media
facebook.com/TessaMillardAutor
instagram.com/tessa.millard.autorin

Immer auf dem neusten Stand bleiben? Scanne den Code oder melde dich unter *home.tessa-millard.de/ newsletter* zu meinem kostenlosen Newsletter an.